L'ALBERO
AL
CENTRO
DEL
MONDO

Jaco Jacobs

L'ALBERO AL CENTRO DEL MONDO

Traduzione di
Marina Mercuriali

Rizzoli

A Elize, Mia e Emma,
che mi hanno impedito di diventare invisibile

Pubblicato per

Rizzoli

da Mondadori Libri S.p.A.

Titolo originale: *A Good Day For Climbing Trees*
Copyright © Jaco Jacobs, 2015, 2018
English translation copyright © Kobus Geldenhuys, 2018

Questa traduzione di *A Good Day For Climbing Trees*
è pubblicata da Mondadori Libri S.p.A per il marchio Rizzoli
in accordo con Oneword Publications.

© 2019 Mondadori Libri S.p.A., Milano
Prima edizione: settembre 2019
ISBN 978-88-17-14219-9

Illustrazioni di Jim Tierney

Redazione e impaginazione: Librofficina

1

Lavapiatti

«Oh, pigna sorda! Non hai sentito il campanello?»

Ho stretto i denti e ho spremuto un po' di detersivo verde nel lavandino della cucina.

Quando qualcuno ti grida così, ci sono diverse cose che puoi fare.

Opzione uno: fingi di essere sordo e lo ignori. Che non è una buona idea se quello che sta urlando è tuo fratello maggiore. E comunque, non se hai un fratello maggiore come Donovan.

Opzione due: minacci di rompergli il naso se ti chiama pigna un'altra volta. Ma nel mio caso sarebbe stata una mossa stupida. Donovan era campione regionale di nuoto, faceva pesi tutti i giorni e beveva quei frullati proteici che ti fanno venire dei muscoli esagerati. Come se non bastasse, a quindici anni padroneggiava l'arte della smutandata. Le mutande nel mio armadio erano tutte sformate.

Opzione tre: gli fai presente, in modo molto cortese, che la persona che ha suonato alla porta sicuramente non sta cercando te, considerato che il tuo migliore (e unico) amico era andato in America con i suoi genitori per le vacanze di Natale. Ma anche in questo caso le probabilità di smutandata sono altissime.

Opzione quattro: segui il normale ordine gerarchico e dici a tuo fratello minore di andare ad aprire. Da noi, però, il normale ordine gerarchico non esisteva più. Adrian aveva solo nove anni ma aveva conquistato una posizione più alta della mia. Per farla breve: al momento ero il suo schiavo personale. Se volevo qualche spicciolo per le vacanze, meglio lisciarlo dalla parte giusta.

Opzione cinque: molli i piatti, ti asciughi le mani e vai ad aprire.

Indovinate che cos'ho scelto.

La ragazza nel portico di casa sembrava un po' più grande di me. Indossava dei jeans scoloriti e aveva i capelli castani raccolti in una coda di cavallo. Sorrideva nervosa e il suo apparecchio luccicava al sole.

«Ciao? Sto... cercando Donovan? Adrian... ehm... mi ha invitata?» Parlava per punti di domanda.

Con un sospiro, mi sono girato e ho gridato: «Donovan! C'è un'altra cliente!».

La ragazza era visibilmente in imbarazzo ed è diventata paonazza.

Se mamma e papà avessero scoperto quel che succedeva in pieno giorno a casa nostra, avrebbero avuto bisogno di un bravo psicologo. Per fortuna lavoravano tutt'e due ed erano beatamente ignari del fatto che il loro figlio minore noleggiasse il più grande alle ragazzine. C'è un modo di definire tutto questo. Ed è "illegale".

Adrian mi aveva detto di non fare lo stupido, che era solo un innocentissimo laboratorio di autostima.

Lui era uno di quei bambini che a nove anni usano parole tipo "autostima". Mio padre sosteneva che a diciotto sarebbe stato o milionario o in prigione a scontare la sua prima condanna.

Non conoscevo nessuno che a nove anni fosse così ricco. Aveva cominciato a inventare sistemi per guadagnare soldi quand'era alla scuola materna: durante il campionato di rugby, aveva convinto i suoi amichetti a scommettere sulle partite del weekend. Tempo che una madre furibonda se ne accorgesse, lui aveva già messo da parte un bel gruzzolo. Non conoscevo nessuno che si fosse fatto espellere alla materna. Nemmeno il fatto che mamma fosse avvocato era servito. Da quando aveva cominciato le elementari, gran parte della sua fortuna la accumulava rifornendo lo spaccio scolastico di caramelle da quattro soldi. O, perlomeno, noi supponevamo che la accumulasse così.

Era sempre occupato a escogitare sistemi misteriosi per arricchirsi. Papà diceva che preferiva non conoscere i dettagli. Il suo ultimo piano (di Adrian, non di papà) era noleggiare Donovan come istruttore di baci.

Ebbene sì, c'erano ragazze – come quella con l'apparecchio, in piedi nel portico di casa nostra, rossa come un peperone – che pagavano per avere il privilegio di baciare mio fratello maggiore.

L'anno prima, Donovan aveva cominciato a ingellarsi i capelli e a fare palestra, e si era trasformato in una calamita. Di pomeriggio, quando aveva gli allenamenti di nuoto, una folla di studentesse si riuniva intorno alla piscina per vederlo in costume. Erano più i cuori che aveva spezzato Donovan dei record di nuoto conquistati da Michael Phelps. Ma questo non le aveva scoraggiate, a quanto pareva, visto che dall'inizio dell'estate per le lezioni di bacio si erano presentate almeno in tre o quattro. Sparivano assieme a Donovan per una mezz'ora all'ombra della *lapa*, il gazebo di paglia che avevamo vicino alla piscina. Quando ricomparivano, avevano i capelli tutti scompigliati, il rossetto sbavato e un sorriso grande come una casa. Non avevo idea di quanto chiedesse Adrian per una lezione di bacio e quale fosse la percentuale che spettava a Donovan. O magari Donovan lo faceva per puro divertimento, dato che sembrava avere in testa solo le ragazze. E il cloro della piscina. Non c'è da stupirsi che fosse stato promosso per il rotto della cuffia.

La ragazza in piedi nel nostro portico, imbarazzatissima, si era schiarita la voce mentre strofinava le mani sui jeans. Aveva tutta l'aria di voler scappar via.

Se Donovan avesse passato sui libri lo stesso tempo che trascorreva davanti allo specchio con pettine e gel, scommetto che sarebbe riuscito a prendere almeno tre A. Ci stava mettendo una vita, ma io non ho invitato la ragazza a entrare. A qualcosa servirà pure avere la mamma avvocato: sapevo che cosa vuol dire "complice". Non volevo avere niente a che fare con il cosiddetto "laboratorio di autostima" organizzato dai miei fratelli.

Alla fine Donovan si è palesato. Con i capelli perfettamente ingellati e la puzza di quel dopobarba costoso che la mamma aveva comprato al papà per il suo compleanno.

«Ciao» ha detto alla ragazza con un sorriso a trentadue denti, spingendomi da parte come se fossi un fermaporte da schivare. «Vieni, andiamo a sederci fuori nella *lapa*.»

Lei ha risposto con una risatina nervosa e si è

fatta ancora più bordeaux, poi è sparita con Donovan in veranda.

Con un sospiro, ho chiuso la porta e sono tornato in cucina.

In giardino la pompa della piscina faceva *ciag-ciag-ciag*.

Il frigorifero ronzava come un gatto che fa le fusa.

Dietro il cancello di casa, Mr Bones abbaiava alla moglie del reverendo che stava passando di lì con il suo pastore tedesco.

Pochi minuti dopo, è entrato in cucina Adrian.

«Allora, Marnus, hai finito coi piatti?» mi ha chiesto con tono da prepotente mentre prendeva il succo d'arancia dal frigo.

In teoria sarebbe toccato a tutti e tre, a turno, sistemare la cucina. Ma all'inizio delle vacanze avevo scongiurato i miei di darmi un anticipo sulla paghetta e avevo comprato da Adrian una PlayStation Portable di seconda mano. Lui, a sua volta, l'aveva presa da un amico. Si era rotta dopo una settimana, quella maledetta, e Adrian si era rifiutato di restituirmi i soldi perché l'avevo acquistata senza assicurazione né garanzia. Non ero nemmeno sicuro di sapere di preciso che cosa significasse. Per farla breve: avrei dovuto lavare sempre io i piatti e pulire sempre io la cucina per farmi dare la mancetta da mio fratello di nove anni.

Che schifo di vita.

Stavo ufficialmente passando le vacanze di Natale peggiori di sempre. Mi sarebbe piaciuto andare al mare come al solito, ma mamma e papà avevano programmato tre settimane in una riserva di caccia a giugno e ora preferivano non prendere troppe ferie. Tra l'altro, mamma era impegnata in un Processo Importantissimo e papà puntava sugli acquisti di Natale per risollevare il suo negozio di articoli sportivi, quindi era escluso che si concedesse qualche giorno di riposo.

Il campanello ha suonato di nuovo *Jingle Bells*.

Una settimana prima papà aveva sostituito il trillo con le canzoni di Natale. Era un tentativo patetico di portare in casa un po' di atmosfera natalizia. Ma io avevo il presentimento che a giugno, al momento di partire per la riserva di caccia, il nostro campanello avrebbe continuato a essere *Jingle Bells*, considerato che quello stesso anno a Pasqua nessuno si era ancora occupato di smontare l'albero.

«Hai deciso di non andare ad aprire?» mi ha chiesto Adrian mentre faceva sgocciolare succo d'arancia sul tavolo. Tavolo che avevo appena pulito.

Dopo le vacanze la parcella del dentista sarebbe stata salatissima: a furia di digrignare i denti li stavo consumando.

Mi sono asciugato di nuovo le mani con lo strofinaccio e sono andato alla porta.

Dove, ovviamente, c'era un'altra ragazza in attesa.

Questa volta era una bionda e doveva avere più

o meno la mia età. Ma gli occhi erano la cosa che si notava di più: grandi, azzurri, con ciglia scure.

«Scusa, Donovan è ancora impegnato» ho bofonchiato. «Devi aspettare il tuo turno.»

Tra le sopracciglia le è comparsa una piega. «Il turno di cosa? E chi è Donovan?»

«Non sei qui per le lezioni di bacio?»

A sinistra della piega, il sopracciglio è salito di uno o due centimetri e lei ha fatto un mezzo sorriso. «Lezioni di bacio?»

Sono diventato paonazzo. «Ah... no, niente, niente. Scusa. Che cosa volevi?»

«Puoi firmare la mia petizione?» mi ha chiesto mostrandomi un foglio.

Non me l'aspettavo. L'ho fissato. Sembrava strappato da un taccuino. Sopra c'era una lista di firme, indirizzi e numeri di telefono.

«Ehm... mi sa di no» le ho risposto. Mamma diceva sempre che non bisogna mai mettere la propria firma su un pezzo di carta se non sai esattamente che cosa c'è scritto sopra, parola per parola. Ovviamente "assicurazione" e "garanzia" Adrian le aveva imparate da lei.

«È per una buona causa.»

«Cioè?»

Il mezzo sorriso si è trasformato in un sorriso intero. «Se vuoi ti porto a vedere.» Poi indicando lo strofinaccio: «O preferisci asciugare i piatti?».

A quel punto avevo la faccia in fiamme. «Eh ma... Non so...»

Mentre balbettavo una scusa qualsiasi, lei ha cominciato a ridacchiare. Teneva la testa piegata in avanti e si copriva la bocca con una mano, ma dagli occhi si capiva che mi stava prendendo in giro.

«Ma dài! Sono sicura che i piatti possono aspettare due minuti. Quando vedi per che cos'è la petizione, la firmi di sicuro.»

Mi ha preso per mano e mi ha trascinato verso il cancello.

«Ah, comunque mi chiamo Leila.»

2

L'albero al centro del mondo

«Un albero?»

Ho guardato Leila incredulo.

Lei ha annuito. «Una *witkaree*. Nome scientifico: *Rhus pendulina*.»

«Piacere di conoscerti, albero» ho detto io.

L'albero se ne stava lì muto e un po' intristito dal caldo del primo mattino.

Ho passato una mano sulla corteccia ruvida. «È a rischio estinzione o cose così?»

«Non proprio» ha risposto Leila, senza staccare gli occhi dalla chioma. La scrutava come per assicurarsi che tutte le foglie fossero ancora al loro posto. «C'è un sacco di gente che si pianta una *witkaree* in giardino. Non hanno bisogno di troppa acqua e crescono in fretta» ha aggiunto con un tono da conduttrice tv.

Ero perplesso. «Ma allora perché hai scritto una petizione per salvarlo?»

È rimasta parecchio a guardarmi, come se stesse cercando di farsi un'opinione su di me.

Chissà che cosa vede, mi chiedevo.

Non avevo i capelli biondi, gli occhi azzurri, i muscoli scolpiti e l'abbronzatura di mio fratello maggiore. Nemmeno il nasino all'insù pieno di lentiggini e il bel faccino adorabile di mio fratello minore. Non lo pensavo di certo io, che Adrian avesse un bel faccino adorabile, ma le vecchiette invece sì, almeno finché non riusciva a spillare loro dei soldi con qualche trucchetto subdolo.

Io avevo i capelli castani, un po' troppo lunghi

e pieni di ciuffi che non stavano da nessuna parte, e gli occhi verdi. Quand'ero con i miei fratelli, passavo sempre inosservato. Marnus, quello di mezzo. Certe volte mi sentivo invisibile.

Senza distogliere lo sguardo da me, Leila ha fatto un lungo respiro. «Quest'albero non è come tutti gli altri» mi ha risposto. «È l'albero al centro del mondo.» Dal tono si capiva che la "a" era maiuscola.

Non sono riuscito a trattenermi e sono scoppiato a ridere. Era fuori di testa. Cosa mi era saltato in mente di seguirla fino a quel parchetto, a tre isolati da casa, perché mi mostrasse un albero?

«L'albero al centro del mondo?» le ho chiesto.

«Lasciamo perdere.» Mi ha lanciato un'occhiataccia. «Pensavo che... Non importa. Chiudiamola qui.»

Sembrava arrabbiatissima, e infatti mi aspettavo che girasse i tacchi e se ne andasse. Ma da come mi guardava era chiaro che a dover smammare ero io.

Non c'era nemmeno da chiederlo. Senza battere ciglio, mi sono incamminato verso casa. Non mi andava di chiacchierare con una mezza matta. E poi avevo da fare in cucina.

Mancavano ancora ventitré giorni alla fine di quelle terribili vacanze estive.

Ebbene sì, stavo tenendo il conto.

Prima finivo di lavare i piatti, meglio era. Così poi di lavandini pieni di stoviglie sporche me ne sarebbero rimasti solo ventidue.

«Quando ero piccola venivo sempre a giocare in questo parco» ha detto Leila mentre andavo via. Parlava così piano che avevo rischiato di non sentirla.

Mi sono fermato.

«È su questo albero che ho imparato ad arrampicarmi.»

Mi sono voltato verso di lei, ma sembrava non

si fosse nemmeno accorta che ero lì in piedi a guardarla. Come se stesse parlando con l'albero.

«Non ci si può arrampicare su tutti gli alberi. Le *witkaree* hanno la corteccia dura. È facile sbucciarsi quando si scivola, perciò non sono l'ideale. Ma questa qui ha i rami bassi, spessi e anche molto fitti perciò riesci ad arrivare praticamente fino in cima. È perfetta da scalare.» Intanto accarezzava il tronco.

Poi abbiamo sentito un rumore, ci siamo voltati e abbiamo visto un pick-up bianco che veniva verso di noi passando sul prato.

«Sono loro» ha detto Leila con voce cupa.

Non sapevo chi intendesse per "loro". Forse dei tipi in camice bianco che venivano a prenderla per rinchiuderla in un posto per gente che parla con gli alberi?

Mi sono sentito subito in colpa per averlo pensato.

Il pick-up si è fermato e sono scesi due uomini. Uno aveva in mano una cartelletta con dei fogli che gli davano un'aria importante. La camicia gli tirava sulla pancia, tanto che i bottoni sembravano sul punto di saltargli via, e aveva la fronte lucida di sudore. L'altro era alto e magro, con la faccia appuntita e i baffetti sottili. Senza degnarci di uno sguardo, ha cominciato subito a esaminare l'albero.

«Ho fatto una petizione» ha detto Leila all'uomo con la cartelletta. Gli ha allungato il foglio con le firme come per fargli capire che anche lei aveva con sé dei documenti importanti. «L'hanno già firmata quasi cinquanta persone.»

Dal tono di voce, si capiva che Leila contava le firme sulla sua petizione come io contavo i giorni in cui avrei dovuto lavare i piatti.

Di colpo, mi dispiaceva non averla firmata anch'io.

«Troppo tardi» ha risposto lui senza nemmeno alzare gli occhi, «abbiamo già tutti i permessi.»

«Ma questa è una petizione!» lo ha incalzato Leila fulminandolo con i suoi occhioni azzurri. «Le persone l'hanno firmata perché non vogliono che l'albero venga abbattuto. Sono quasi in cinquanta! Ci tengono! Non potete fare come se niente fosse!» ha aggiunto in tono concitato.

L'uomo ha scrollato le spalle. «Prova col responsabile municipale.»

«Il responsabile municipale?» ha chiesto Leila speranzosa.

«In ferie» ha risposto. «Fino alla fine di gennaio.»

Sembrava che usare i verbi gli costasse troppa fatica.

Quello magro ha cominciato a girare attorno all'albero con fare meticoloso. Lo guardava proprio come Donovan, Adrian e io guardavamo l'ultima porzione di budino alla fine del pranzo della domenica. Non voleva solo tagliarlo, voleva proprio mangiarselo.

«Quando prevedete di abbatterlo?» La voce di Leila faceva le montagne russe.

«Posa delle tubature i primi di gennaio» ha risposto l'uomo, «l'albero va giù oggi.»

Leila ha fatto un bel respiro. Ha spalancato gli occhi. Si è tolta i sandali e li ha calciati via. Prima che potessi chiederle che cosa stava facendo, si è girata e si è fiondata sull'albero.

«Dove pensi di andare?» ha domandato l'uomo, stupito.

La gonna leggera le svolazzava sulle gambe. Io sono rimasto lì, assieme ai due tizi del Comune, a guardarla che sgattaiolava su e poi si accomodava su un ramo. Tra le foglie spuntavano solo i piedi nudi a penzoloni. Erano sporchi e marroni, come la suola dei suoi sandali.

L'uomo con il faccione rosso mi ha lanciato un'occhiata implorante, si aspettava che risolvessi io la situazione.

Ho fatto spallucce.

Lui, sospirando, ha tirato fuori un fazzoletto da chissà dove. Con un gesto lento, si è asciugato via il sudore dalla fronte. «Quella ragazzina…» ha detto scuotendo la testa. «Parlaci tu. È per le tubature. Non c'è niente da fare. L'albero è nel mezzo.»

«L'albero era qui da prima!» ha urlato Leila.

«Non si preoccupi, Mr Venter. Appena ho qui la squadra mando su qualcuno con una scala a prenderla» ha commentato l'uomo con la faccia da ratto, in tono minaccioso.

«Guai a chi mi tocca!» ha replicato lei dall'alto.

Ho guardato su, tra i rami. Fasci di luce balenavano tra le foglie, come quando il sole gioca con l'acqua. Di colpo ha cominciato a girarmi la testa. All'improvviso ho avuto un capogiro, la luce ha iniziato a danzarmi davanti, come se l'albero stesse ruotando piano piano su se stesso. Ho chiuso forte gli occhi.

Ho pensato a mio fratello maggiore, che passava tutto il giorno sdraiato a bordo piscina minacciando smutandate se non gli portavo da bere qualcosa di fresco.

Ho pensato a mio fratello minore, schiavista supponente che in cambio di una mancetta mi ordinava di rifargli il letto tutte le mattina e di mettergli a posto la stanza.

Ho pensato al campanello di casa che suonava *Jingle Bells* e alla ragazza con l'apparecchio che aveva pagato per farsi baciare da mio fratello.

Ho pensato alla mia pagella. Avevo preso sette in matematica agli esami – un voto più alto rispetto al quadrimestre precedente – e nei temi ero stato il più bravo della classe. Il prof Fourie diceva che erano così belli! Ma mio padre della mia pagella non si era nemmeno accorto perché era troppo occupato a fare una testa così a Donovan per i voti penosi che si era ritrovato e a complimentarsi con Adrian per i suoi che invece erano eccezionali. Qualsiasi cosa succedesse, io scomparivo sempre tra i miei fratelli.

Ero sempre schiacciato tra loro due e nessuno si accorgeva mai di me.

Quando ho riaperto gli occhi, ho abbassato lo sguardo e mi sono accorto che avevo ancora lo strofinaccio bianco e rosso appoggiato sulla spalla. Me n'ero completamente dimenticato: avevo fatto tre isolati con uno strofinaccio sulla spalla. Era una di quelle cose strane che magari avrebbe potuto fare Leila. Forse la sua stranezza era contagiosa.

Ho pensato alla pila di piatti che mi aspettava a casa.

Sopra la mia testa due piedi sporchi dondolavano avanti e indietro tra le foglie verdi.

Da qualche parte una tortora tubava.

L'uomo del Comune con il faccione rosso si soffiava il naso.

Penso che certe volte si fanno le cose all'improvviso, senza stare a pensarci, cose che ti cambiano la vita.

Chiedi alla tua fidanzata di sposarti mentre state guardando un film dell'orrore, come aveva fatto papà con mamma.

Decidi che hai voglia di gelato alle cinque del mattino, come è successo l'anno scorso alla zia Carla, la sorella di papà, e ti ritrovi paralizzato per un incidente in macchina al sorgere del sole.

Oppure segui una ragazza strampalata tra i rami di un albero, con uno strofinaccio appoggiato sulla spalla.

3

La signora in rosa

«Non potete stare lassù tutto il giorno. A un certo punto dovrete scendere.»

Non potevo farci niente ma un po' mi dispiaceva per l'uomo del Comune con il faccione rosso. Si era slacciato i primi due bottoni della camicia e il suo fazzoletto, a quel punto, grondava sudore. Aveva tutta l'aria di chi vorrebbe starsene spaparanzato in piscina con in mano una bibita fresca, invece di parlare con due ragazzini seduti su un albero.

Non so da quanto fossimo lassù, ma mi sembravano trascorse un'ora o due, come minimo.

«Ha ragione lui» ho bisbigliato a Leila in un orecchio, «prima o poi dovremo scendere.»

Mi ha sorriso. L'albero le disegnava delle ombre verdi in faccia. «Sei più coraggioso di quanto pensassi.»

Non mi sentivo per niente coraggioso. Avevo sete e mi facevano male le chiappe a stare fermo su quel ramo duro. Per di più, ero certo che di lì a poco avrei avuto bisogno del bagno. E non riuscivo a smettere di pensare che ci eravamo ficcati in un guaio.

Nel frattempo erano arrivati altri due pick-up del Comune. Nel cassone di uno dei due c'erano alcuni uomini con attrezzi e seghe elettriche. Se ne stavano lì, annoiati, ad aspettare che scendessimo.

«Resto convinto che dovremmo tirarli giù di lì e basta» ha mugugnato Faccia da Ratto.

«Non possiamo usare la forza» gli ha risposto Faccione Rosso, «sono due ragazzini. Te lo immagini che cosa direbbero i giornali?»

Intanto io e Leila ridacchiavamo: non si rendevano conto che sentivamo tutto quello che dicevano?

Anch'io calciavo l'aria con i piedi nudi, come faceva Leila. Mi ero tolto le scarpe da ginnastica e le avevo incastrate nella biforcazione di un ramo. Speravo che non le arrivasse la puzza dei miei calzini. Perlomeno lassù si stava belli freschi. C'era lo stesso odore della capanna in cui mio nonno teneva la legna per l'inverno. Tra i rami, da qualche parte sopra di noi, cinguettava un uccellino.

Mi è tornata in mente un'espressione che usava sempre papà, e mi ha fatto sorridere. Quando era giù di corda o quando gli andava storto qualcosa diceva: «Eh già, oggi è un bel giorno per arrampicarsi sugli alberi». Ultimamente era giù di corda abbastanza spesso.

All'improvviso la quiete è stata rotta da guaiti spaccatimpani.

«Trixi, Georgie, da bravi, tesorini, su» ha detto qualcuno sotto di noi. La voce mi suonava vagamente familiare. «Cosa succede qui?»

Ho sentito una stretta allo stomaco, ho scostato le fronde che avevo davanti e ho guardato giù.

«È Mrs Merriman» ho bisbigliato con un certo allarme. «Vive nella nostra stessa via. Se mi vede, chiama i miei.»

Secondo mamma, Mrs Merriman era una tipa eccentrica. Credo fosse un modo gentile per dire "matta da legare". Si vestiva sempre di rosa e anche nei capelli grigi aveva un tocco di rosa. Veniva al parco tutti i giorni con i suoi barboncini, George e Trixibelle. Per lo meno una volta al mese passava da casa nostra per chiederci una donazione a favore della SPCA, la Società di Prevenzione della Crudeltà sugli Animali. Mamma ci diceva sempre di ignorarla, invece papà le apriva e stava ad ascoltarla paziente, mentre lei elencava le disperate necessità di tanti poveri animali.

Ho sentito Faccione Rosso spiegarle che l'albero doveva essere abbattuto per far posto alle tubature.

«Che peccato» ha esclamato Mrs Merriman, «un albero così bello.»

«È ancora più un peccato se la gente non ha acqua da bere» le ha risposto sgarbato Faccione Rosso «e nemmeno i cagnolini tipo i suoi. Non possiamo lavorare. Ci sono due ragazzini sull'albero. Non scendono.»

«Strano» ha detto lei. Si è protetta gli occhi con una mano e ha sbirciato in su.

Ho subito mollato le fronde per evitare che mi vedesse in faccia.

Il fruscio delle foglie ha innervosito George e Trixibelle che hanno ringhiato sospettosi.

Cominciavo a preoccuparmi. Se persino Mrs

Merriman pensava fosse una cosa strana, non era un buon segno. Insomma, lei aveva i capelli rosa.

È squillato un cellulare.

«Pronto?» ha risposto Faccione Rosso.

Io e Leila ci siamo guardati. «Ha la suoneria di Justin Bieber?!» ed è scoppiata a ridere tappandosi la bocca con le mani.

Ho fatto spallucce: magari Faccione Rosso aveva una figlia adolescente? Una volta Donovan aveva impostato una suoneria heavy metal sul telefono di mamma. Che cos'avrei dato per vedere la faccia di quelle mummie dei suoi colleghi la prima volta che l'avevano sentita.

«L'ufficio» ha detto Faccione Rosso a Faccia di Ratto dopo aver riattaccato. «Dobbiamo rientrare.»

Con grande sorpresa, io e Leila li abbiamo guardati risalire sui pick-up.

«Non finisce qui!» ha urlato Faccione Rosso

dal finestrino mentre si allontanavano. «Torneremo!»

Quando se ne sono andati, io e Leila ci siamo dati un cinque. Aveva la mano morbida e fresca. E un sorriso a trentadue denti.

«E adesso?» ho chiesto stiracchiandomi un braccio che nel frattempo mi si era addormentato. «Scendiamo?»

«Hai sentito che cos'ha detto quello lì» ha ribattuto lei. «Torneranno.»

Sono rimasto zitto. Immaginavo che mi avrebbe risposto così.

Per poco non ci è preso un colpo quando abbiamo sentito una voce sotto di noi. Mi sono aggrappato al ramo per non cadere giù.

Mi ero completamente dimenticato di Mrs Merriman.

«Posso portarvi qualcosa di fresco da bere, stelline?» ci ha gridato. «Chissà che sete che avrete ormai!»

4

Il circolo delle bocce

Io e Leila siamo rimasti un sacco di tempo seduti sull'albero senza dirci una parola. Il silenzio non sembrava infastidirla. Se ne stava con la testa inclinata da una parte, come se stesse ascoltando molto attentamente il cinguettio degli uccellini e il ronzio del traffico in lontananza.

Dopo un po' mi sono schiarito la voce. «Ehm… Mi sa che tra poco dovrò andare in bagno.»

Ho sentito le guance bollenti. Perché provavo tanto imbarazzo nel pronunciare la parola "bagno" davanti a una ragazza? Anche le ragazze vanno in bagno, no? Forse dipendeva dal fatto che non avevo sorelle.

«Prova al circolo delle bocce» mi ha risposto Leila.

Ha puntato il dito di là dal prato, dove c'erano alcune macchine parcheggiate. Dalla nostra postazione, si vedevano uomini e donne di una certa età vestiti di bianco in piedi sul campo da bocce. Ogni tanto le bocce si urtavano con un *cloc-cloc* secco.

«Mia nonna diceva sempre: "Più invecchi e più la vescica si indebolisce". Siccome la maggior parte dei giocatori di bocce è anziana, scommetto che lì un bagno lo trovi. Sbrigati, però, prima che tornino quelli del Comune.»

Mi sono reso conto in quel momento che si aspettava rimanessi sull'albero con lei. Chi lo diceva che non avevo niente di meglio da fare? Era un pensiero che avrebbe dovuto innervosirmi e invece, per qualche motivo, mi faceva sentire piuttosto… fiero. Come se Leila contasse su di me.

Sono sceso piano piano. Avevo le gambe un po' traballanti quando ho finalmente messo piede a terra. Quanto tempo ero stato sull'albero? Avevo lasciato l'orologio sul tavolo della cucina, me l'ero tolto prima di lavare i piatti. Il telefono era in cameretta. Se Donovan e Adrian si fossero azzardati a leggere i miei messaggi, li avrei uccisi.

«Tu non scendi?» ho chiesto a Leila. «Non c'è nessuno in giro.»

«Preferisco di no» mi ha risposto dall'alto. «Penso sia meglio che uno dei due rimanga sempre su. Per ogni evenienza.»

Quale evenienza? Meglio non chiedere.

Mi sono incamminato verso il circolo delle bocce con il sole che mi cuoceva il coppino. Cercavo di non pensare troppo a quello che stava facendo Leila. Magari Faccione Rosso era andato a chiamare la polizia per farci scendere dall'albero. Magari usando i lacrimogeni o i proiettili di gomma, come si vedeva in tv. Donovan e Adrian sarebbero stati troppo invidiosi.

Il cancello del circolo era aperto. Tutt'attorno il silenzio, interrotto a volte solo dal *cloc-cloc* delle bocce che si urtavano e poi da un applauso contenuto. L'insegna sopra la recinzione diceva: *Proprietà privata. Vietato l'accesso. I trasgressori saranno puniti a norma di legge.*

Mi sono impegnato moltissimo per non sembrare un trasgressore. Era più difficile a dirsi che a farsi. Se hai tredici anni, una maglietta da surfista e uno strofinaccio bianco e rosso sulla spalla, non è facile entrare al circolo delle bocce passando inosservato. Ma perché non avevo lasciato lo strofinaccio sull'albero?

Eppure, miracolo!, nessuno mi ha notato.

Non ho fatto fatica a trovare le targhe con l'omino e la donnina. Mi sono infilato nel bagno degli uomini.

Dentro era bello fresco e si sentiva un buon profumo. Sui portasalviette a muro erano appesi asciugamani bianchi ben stirati e ogni lavandino aveva il suo sapone. Mi sono chiuso subito in un uno dei bagni per non farmi beccare nel caso fosse entrato qualcuno.

Quando ho finito, mi sono lavato le mani e mi sono guardato allo specchio sopra il lavandino.

Ero quasi deluso di avere la stessa identica faccia di quando mi ero alzato quella mattina: i capelli marrone topo che erano un po' troppo lunghi e che si rifiutavano di stare al loro posto, gli occhi verdi, le orecchie leggermente a sventola. Non era così che mi immaginavo l'aspetto di chi trasgredisce la legge. Ero abbastanza certo che fosse illegale salire su un albero per impedire al Comune di abbatterlo. Mia mamma lo sapeva di sicuro. E sul fatto che fosse illegale usare quel bagno non c'era dubbio. Era scritto bello chiaro all'ingresso.

«Tu, che cosa ci fai qui?»

Una voce burbera mi ha fatto rivoltare lo stomaco e mi ha trasformato le gambe in gelatina.

Non so perché, ma il tizio che con la sua stazza occupava tutto lo spazio della porta mi ricordava un gigantesco omino Lego: era tondo e squadrato allo stesso tempo. Aveva le spalle larghe e il petto come un barile nascosto sotto la camicia color cachi. Era rasato, con la testa lucida, e la faccia marrone era piena di grosse lentiggini che sembravano dipinte. Anche le mani che gli ricadevano lungo i fianchi sembravano quelle a pinza dei Lego.

«Ehm… mio nonno gioca a bocce in questo circolo?» ho balbettato. Avrei tanto voluto cancellare il punto di domanda alla fine della frase.

«Senti, ragazzo» mi ha risposto lui con il brontolio di un tuono, «sono anni che faccio il custode qui. Conosco figli e nipoti di tutti i soci. So anche i nomi di quasi tutti i loro cani. Quindi perché non vuoi il sacco?»

Ho deglutito. Non avevo scampo: l'uomo Lego intralciava l'unica possibile via di fuga.

«Be'… Ecco… È iniziato tutto mentre lavavo i piatti stamattina…» ho attaccato io. Almeno avevo lo strofinaccio sulla spalla per convincerlo che stavolta dicevo la verità.

È rimasto impassibile mentre gli raccontavo di Leila e dell'albero e degli uomini del Comune.

«E poi dovevo andare in bagno» ho concluso.

Per un attimo la sua faccia è rimasta bloccata, come fosse di plastica. Poi, di colpo, è scoppiato a ridere. «Ho capito perfettamente di che albero stai parlando. Accompagnami. Devo conoscere questa Leila!»

5

Su un'isola

Quando io e il custode siamo tornati insieme all'albero, abbiamo trovato Mrs Merriman e i suoi due barboncini accomodati su una tovaglia da picnic.

Sopra le loro teste, tra le foglie dondolavano ancora i piedi di Leila.

«Piacere di conoscerla, signora» ha detto il custode facendo un cenno col capo. Non sembrava sorpreso alla vista di una donna con i capelli rosa e due barboncini rosa seduta sotto un albero su una tovaglia rosa, o forse era troppo educato per darlo a vedere. «Sono John Carelse, faccio il custode al circolo delle bocce.»

Lei gli ha porto la mano. «Theresa Merriman» ha risposto, «e questi sono George e Trixibelle.»

«Ehm… E quella è Leila» ho detto io indicando l'albero.

Leila ha sbirciato da dietro le fronde e ha sorriso al custode. In una mano aveva una bibita in lattina.

«Marnus, Mr Carelse, vi andrebbe qualcosa da bere?» ha chiesto Mrs Merriman. «Ce n'è per tutti. Sono belle fresche.»

«La prego, mi chiami John» ha risposto il custode. «Oppure "Custode" o "zio John"» ha detto guardando me e Leila. «Mi chiamano quasi tutti così.» Ha preso una lattina. «Grazie mille.»

Mrs Merriman si è spostata un po' e ci ha fatto segno di sederci vicino a lei.

Il custode, grande e grosso com'era, si è lasciato cadere su un angolo della tovaglia.

Io sono rimasto in piedi, un po' a disagio.

«E così voi due volete provare a salvare quest'albero?» ha domandato il custode mentre apriva la sua lattina.

«A dire il vero, il piano è di Leila» gli ho risposto.

«Non possono tagliarlo finché ci siamo noi sopra» ha aggiunto lei.

Il custode si è piegato all'indietro appoggiando le mani sull'erba e si è messo a guardare la chioma. «È un buon albero» ha risposto con voce calma e serena. «Un albero del genere dovrebbe vivere per sempre.»

Io e Leila non abbiamo detto niente.

Mrs Merriman invece si è chinata in avanti e ha messo una mano su quella del custode. «Che belle parole, John» ha commentato. «Un albero come questo dovrebbe proprio vivere per sempre.» Sembrava che avesse bevuto quelle parole a piccoli sorsi e che ora se le stesse proprio gustando.

Il custode ha sospirato. «Ci sono tante cose che dovrebbero durare per sempre. Io sono cresciuto a Cape Town. Nel Sesto distretto. Erano bei tempi, allora. Il Sesto distretto era uno di quei posti con suoni, odori e gusti tutti suoi. Ma da un certo punto di vista non erano per niente bei tempi. Negli anni Settanta il governo decise che chi non era bianco doveva andarsene. Io ero già sposato e lavoravo a Johannesburg, quand'è successo. Ma mio fratello minore invece stava ancora lì con mamma e con il resto della famiglia. Il giorno in cui arrivarono con i bulldozer per demolire le case, lui e i suoi amici si stesero a terra per cercare di impedirlo.»

Ho provato a immaginare che cosa si provi a stare stesi per strada mentre un enorme bulldozer ti sta marciando contro.

«E ha funzionato?»

«Che scemo, certo che no!» è intervenuta Leila

spazientita. «Non hai mai sentito parlare del Sesto distretto?»

Lo zio John mi ha fatto un sorriso. «Nessuno venne infastidito da mio fratello e dai suoi compagni. La polizia li scacciò via con gli *sjamboks*, le fruste di ordinanza, e le case vennero rase al suolo. Però, ripeto, ora i tempi sono cambiati. Mi fa piacere che ci sia qualcuno ancora pronto a combattere per un albero.» Ha guardato l'orologio. «Scusatemi, devo proprio andare. Oggi c'è un torneo importante e non mi pagano per oziare sul prato. Grazie mille per la bibita fresca, Mrs Merriman.»

«Mi chiami Theresa, la prego.»

Il custode ha annuito. Quindi ha guardato me e poi la chioma dell'albero. «Faccio un salto più tardi» ha detto.

Quando è andato via, siamo rimasti in silenzio per un po'. Credo che anche Leila e Mrs Merriman stessero pensando alla storia del custode.

Bisogna avere un gran coraggio per stendersi davanti a un bulldozer. Se Faccia da Ratto e Faccione Rosso fossero tornati con i pick-up e ci avessero aggrediti con gli *sjamboks*, sarei scappato nel giro di due secondi, ma a Leila questo non l'ho detto.

Vagavo con lo sguardo attorno al suo ramo.

Non riuscivo a decidere se dovevo sedermi sulla tovaglia o se dovevo arrampicarmi di nuovo. Forse Mrs Merriman si è accorta che ero a disagio perché mi ha fatto l'occhiolino e ha indicato l'albero.

Con un certo sollievo, sono tornato sul mio ramo.

Quando mi sono seduto come prima vicino a lei, Leila mi ha sorriso. «Mi chiedevo se saresti risalito.» Le foglie le disegnavano ancora ombre verdi sul viso.

Ho alzato le spalle. «Oggi è un bel giorno per arrampicarsi sugli alberi.»

Lei mi ha lanciato uno sguardo perplesso, ma nemmeno io sapevo che cosa intendesse di preciso mio padre con quella frase, quindi non ho aggiunto altro.

«Chissà fra quanto tempo torneranno quelli del Comune» ha detto Mrs Merriman.

Leila non ha provato a fare previsioni, e io neppure. Siamo semplicemente rimasti seduti lì a guardare uno dei cagnolini fare pipì sul tronco.

«Vi spiace se resto qui ancora un po'?» ha domandato Mrs Merriman. «Prometto di non darvi noia.»

«Certo che può rimanere» ha risposto Leila.

Mrs Merriman si è messa a rovistare nel cestino da picnic e ha tirato fuori una matita e una rivista. L'ha sfogliata finché non ha trovato un cruciverba e ha cominciato a risolverlo canticchiando tra sé e sé. Di tanto in tanto, si zittiva e rifletteva un attimo su una definizione prima di scrivere la risposta.

Ormai faceva molto caldo. Iniziavo a sentire la mancanza della piscina di casa, anche se sapevo benissimo che Donovan probabilmente se ne stava sdraiato a bordo vasca ad aspettare che andassi lì a nuotare per provare ad affogarmi o per torturarmi a colpi di smutandate al costume.

A proposito di smutandate, anche il ramo su cui ero seduto me ne stava praticamente tirando una. Ho cambiato posizione, ma ero sempre scomodo e ho fatto un sospiro: mi annoiavo da morire.

«Sei naufragato su un'isola deserta» ha detto Leila, «e con te hai solo tre cose. Una gomma da cancellare, un piumino per la polvere e un rotolo di carta igienica. Cosa te ne fai?»

Ho aggrottato le sopracciglia. «Eh?»

«Che cosa ci fai con quelle tre cose?» mi ha chiesto. «È un gioco che facevamo sempre in macchina durante i viaggi lunghi, quando mi annoiavo.»

Ero perplesso. «Non saprei. Penso che non serva a nulla una gomma da cancellare se ti trovi su un'isola deserta.»

«Be', se nessuno di voi la usa, posso prenderla in prestito io» ha detto Mrs Merriman. «Ho appena scritto male il nome di un tennista e non mi sono portata dietro la mia.»

«Non te ne fai niente di quelle tre cose se sei su un'isola deserta» ho borbottato.

«Questo lo dici tu!» ha risposto Leila. Poi si è mordicchiata il labbro inferiore, le brillavano gli occhi. «Magari la gomma è tutta colorata, allora puoi farla a pezzettini e buttarli in mare per attirare i pesci. Così puoi catturarli e mangiarli!»

«Non ho mai sentito che i pesci mangino le gomme» ho protestato.

Siccome Leila non ha ribattuto, Mrs Merriman ha chiesto: «E con il piumino della polvere?».

«Magari sull'isola ci sono i cannibali» ha risposto Leila con uno sbadiglio, appoggiandosi di schiena al tronco dell'albero. «In quel caso, posso usarlo come ventaglio per fare fresco al re dei cannibali. E così in cambio non mi pappa.»

«E con il rotolo di carta igienica?» Volevo sapere io.

Leila ha alzato gli occhi al cielo. «Secondo te? Che cosa credi ci si faccia con la carta igienica?»

Sono diventato paonazzo. Di nuovo quel problema con le ragazze e i bagni…

Leila si è sforzata di non scoppiare a ridere.

Per un po' siamo rimasti in silenzio a guardare il parco. Ogni tanto passavano persone che facevano jogging, altre che portavano a spasso il cane o che spingevano i bambini nel passeggino. In pochi si sono accorti che eravamo appollaiati sull'albero. Mrs Merriman con i suoi barboncini si è beccata qualche occhiata strana, ma doveva esserci abituata perché non sembrava minimamente turbata.

All'ora di pranzo, ha tirato fuori dal cestino

da picnic un contenitore pieno di timballi di carne e ce li ha passati. Anche George e Trixibelle ne hanno avuto uno ciascuno. Sembrava proprio che avesse in mente di passare tutto il giorno sotto l'albero.

Dopo mangiato, Leila è scesa. Si è sgranchita un po' le gambe e ha fatto quattro chiacchiere con Mrs Merriman. Poi si è incamminata verso il circolo delle bocce. Il custode ci aveva detto che potevamo usare il bagno ogni volta che volevamo.

Quando Leila è sparita oltre il cancello, ho preso in considerazione l'idea di scendere anch'io. Sarebbe stato facilissimo svignarsela mentre non c'era. Bastava dire a Mrs Merriman che dovevo finire di lavare i piatti.

Ma quando ho scostato le fronde, ho sentito un tuffo al cuore.

«Arriva qualcuno» ha detto Mrs Merriman.

«Arrivano i guai» ho risposto io con un sospiro.

Sotto l'albero è comparso Donovan. «Buon pomeriggio, signora.»

George e Trixibelle, ringhiando, lo tenevano a distanza.

«Buon pomeriggio, giovanotto. Come posso aiutarti, caro?» Aveva il tono da receptionist: *"Buon pomeriggio e benvenuti negli uffici di Leila e Marnus"*.

Donovan ha sollevato leggermente la visiera del cappellino e ha cominciato a spostare goffamente il peso da un piede all'altro. «Ehm... Mio fratello è sparito. È tutto il giorno che lo cerchiamo. Un mio amico mi ha scritto che l'ha visto qui al parco.» Ha guardato su. Ovviamente sapeva benissimo dov'ero. «Marnus, che cavolo ci fai arrampicato sull'albero come un babbuino?» Ha lanciato un'occhiata di scuse a Mrs Merriman. «Mi perdoni, signora. Marnus, la mamma ha scoperto che sei sparito e ancora un po' chiama la polizia! Sarà meglio che torni a casa.»

«Io resto qui» gli ho risposto. È più facile fare il duro quando sei seduto in cima a un albero.

Donovan mi ha fulminato. I muscoli gonfi di beveroni proteici erano tesi sotto la maglietta attillata che faceva tanto Mr Muscolo.

Lo vedevo che moriva dalla voglia di darmi la smutandata del secolo, da Guinness dei primati. Poi però ha scrollato le spalle come per dire: "Io ti avevo avvisato" e ha pescato il telefono dalla tasca dei pantaloni.

Cominciava a salirmi l'ansa. C'erano guai in arrivo.

«Ciao, ma'» ha detto Donovan. Pausa. «Sì, è qui. È seduto su un albero.» Pausa. «No, c'è qui anche una signora.» Ha abbassato il telefono e ha guardato su. «Marnus, la mamma vuole parlare con te.»

La mia ansia aveva raggiunto livelli altissimi. «Non posso scendere» gli ho risposto. «Ho promesso a Leila che ci sarebbe sempre stato qualcuno sull'albero.»

«Ma', non vuole scendere» ha riferito Donovan con un ghigno. «C'entra una ragazza, ha detto.»

Mi dispiaceva per le sue orecchie, perché anche da lassù sentivo la voce di mamma ronzare come una vespa indignata. Lo conoscevo bene, quel tono. Era lo stesso che faceva piangere anche i criminali più incalliti quando lei li torchiava in tribunale.

Donovan ha abbassato di nuovo il telefono. «Mamma dice che devi venire a casa immediatamente altrimenti...» poi ha lanciato un'altra occhiata di scuse a Mrs Merriman. «Mia madre è avvocato, signora, e sa essere abbastanza volgare quando è arrabbiata. Marnus, la mamma dice che se non vieni subito a casa ti... Oh! Ma che cosa fai? Ridammi il telefono!»

Si è voltato di scatto, colto alla sprovvista.

Dietro di lui c'era Leila con il cellulare in mano. Paragonata a mio fratello, sembrava ancora più smilza della prima volta che l'avevo vista. Ma Donovan non osava riprendersi il telefono.

Leila se l'è portato all'orecchio. «Salve, signora» ha detto. «Sono Leila. Marnus è seduto sull'albero nel parco. È tutto ok. Stiamo facendo un semplice atto di protesta ed è nostro diritto costituzionale, credo. Non si preoccupi, siamo molto prudenti.»

Ha restituito a Donovan il cellulare, si è arrampicata svelta sull'albero ed è tornata sul nostro ramo. Come se niente fosse. Come se non avesse appena detto a mia mamma: «È tutto ok». Avrei voluto vedere la sua faccia.

Donovan è stato a sentire mamma ancora per un momento. «Certo, ma'» ha detto, poi ha riattaccato. Mi ha guardato. «Sei fuori di testa.» Ha lanciato a Mrs Merriman l'ennesima occhiata di scuse. «Mi dispiace, signora, ma è proprio pazzo.»

Ha girato i tacchi e si è avviato verso casa.

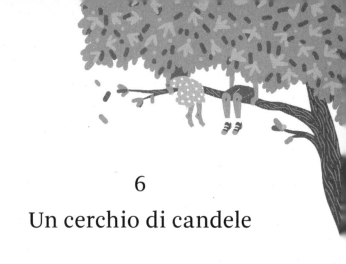

6

Un cerchio di candele

Quando è tramontato il sole, Mrs Merriman ha messo via le parole crociate. Si è alzata e ha piegato la tovaglia da picnic rosa.

I barboncini si sono stiracchiati sbadigliando.

«Sentite, ragazzi, purtroppo è ora che torni a casa» ha detto, «ma non voglio lasciarvi qui da soli.»

Da quel giorno ho cominciato a vedere Mrs Merriman sotto un'altra luce. Sarà anche stata vecchia e rosa, però era meglio non farla arrab-

biare. Mio papà aveva imparato la lezione proprio quel pomeriggio.

Nel fiore degli anni, aveva giocato nella
squadra di rugby dei Cheetahs. Se non si fosse
lesionato un legamento, sarebbe potuto entrare
in nazionale. O, almeno, questo era ciò che ci
raccontava, dopo aver bevuto un paio di birre,
quando guardavamo il rugby. Strano ma vero,
a nessuno dei suoi tre figli piaceva guardare le
partite con lui. Passava tutto il tempo a inveire
contro i giocatori come se fosse arrabbiato per-
sonalmente con ciascuno di loro. Credo che in
realtà ce l'avesse con il suo negozio di articoli
sportivi che non stava andando troppo bene.
Solo Donovan aveva ereditato il suo talento nel
rugby, anche se penso gli piacesse di più il nuoto. Avevo giocato a rugby pure io, però in terza
squadra. E Adrian si era sempre rifiutato di fare
qualsiasi sport perché, sosteneva lui, interferiva
con gli affari.

Mamma stava ancora lavorando al Processo Importantissimo, perciò quel pomeriggio aveva spedito papà a prendermi.

«Porca miseria, Marnus! Non hai più sette anni! Che cosa ci fai arrampicato su un albero? Scendi! Guarda che se vengo su io...»

Ero arrabbiato e agitato allo stesso tempo, e ovviamente mi faceva vergognare da morire che Leila e Mrs Merriman stessero assistendo a quella scena.

E a un certo punto Mrs Merriman aveva cominciato a parlare con papà.

Vorrei tanto ricordarmi tutto quello che gli aveva detto. Ma a grandi linee la sostanza era che io e Leila eravamo coraggiosissimi, che stavamo facendo una cosa ammirevole e che doveva lasciarci in pace.

Non so nemmeno io come, ma era riuscita a convincerlo. Certo, il fatto che alle sette in tv ci fosse una partita di rugby aveva aiutato.

Incamminandosi verso casa, papà aveva borbottato qualcosa riguardo alla mamma, che non sarebbe stata per niente contenta e che poi sarebbe toccato a lui sorbirsela.

«Staremo bene, Mrs Merriman.» La voce di Leila mi ha riportato al presente. «Non si preoccupi.»

«Resto io qui con loro» ha detto una voce calma e delicata.

Sorpreso, ho guardato giù.

Una donna era arrivata fin sotto l'albero, inosservata.

Mrs Merriman ha annuito. «Bene, allora. Ci vediamo domani, ragazzi» e ci ha salutati.

La donna se ne è rimasta in silenzio ai piedi dell'albero e ha guardato Mrs Merriman allontanarsi con i suoi cani. La brezza leggera che si era appena alzata le muoveva dolcemente i lunghi capelli biondi.

L'ho riconosciuta all'instante. Poteva essere

solo la mamma di Leila, avevano gli stessi occhioni azzurri.

«Leila» ha detto con un sospiro.

Leila non ha risposto.

Ho salutato la signora con un cenno della mano.

«Vado a prendere qualche coperta» ha aggiunto «e qualcosa da mangiare.»

Leila mi aveva detto che casa sua era vicina al parco, ora mi ricordavo.

«Vediamo chi trova per primo la stella della sera!» ha esclamato Leila quando se n'è andata sua mamma.

Siamo rimasti zitti per un po'.

«Ho vinto» ha detto indicando lontano con il dito. «Eccola lì, sulla punta di quel ramo.» È scoppiata a ridere. «Vabbè, dài, ho barato. So benissimo dove spunta.»

Dopo tutto quel tempo mi sentivo come se avessi fatto a botte con un elefante. Avevo una gamba addormentata; c'ero seduto sopra da troppo.

«Non possiamo dormire sull'albero» ho detto. «Se cadiamo ci rompiamo l'osso del collo.»

«Possiamo fare a turno» ha suggerito lei.

«Oggi quelli del Comune non sono tornati» ho risposto. «Quante possibilità ci sono che vengano in piena notte per tagliare un albero?»

Mi è sembrato di sentir frusciare le foglie quando Leila si è stretta nelle spalle.

«Non lo so, ma non voglio correre rischi» ha replicato lei. «Tu puoi andare a casa, se vuoi. Io resto qui.»

Mi sono arrampicato giù. Una volta a terra, mi sono messo a saltellare in giro tutto intorpidito finché non mi è tornata la sensibilità alle gambe. Poi mi sono seduto con la schiena appoggiata al tronco.

Un attimo dopo, è arrivata la mamma di Leila. Faceva quasi buio. Si era portata dietro una pila di coperte e un cestino.

«Come ti chiami?» mi ha chiesto mentre sistemava tutta la roba sotto l'albero.

«Marnus, signora.»

Speravo sapesse che questa storia dell'albero era tutta un'idea di sua figlia e non mia.

Ho sentito il fruscio di un sacchetto di plastica e un momento dopo si è acceso un fiammifero. Poi lei ha acceso qualche candela e le ha messe intorno all'albero.

Mi ha passato una coperta. Ero un po' in imbarazzo ma l'ho presa.

Mi sembrava di capire che Leila e sua mamma non si parlassero. E che erano strane uguali. Con tutte quelle candele era come stare in un film o in una fiaba. Devo ammettere che per un certo verso mi piacevano proprio. Leila e sua madre avevano l'aria di chi è abituato a fare le cose a lume di candela. A casa nostra, le candele si usavano solo quando saltava la luce, e a quel punto scattava una folle caccia al tesoro per trovare sia quelle sia i fiammiferi.

Ho steso la coperta sul prato e mi ci sono sdraiato sopra.

Il vento era calato. I grilli tenevano un concerto al buio; da lontano arrivava una musica e si sentivano i cani abbaiare; sulla strada ogni tanto sfrecciava una macchina.

Una delle auto ha svoltato verso il parco. Mi sono tirato su e ho osservato i fari che si intrufolavano tra gli alberi. Il rumore del motore era sempre più forte e mi sono dovuto coprire gli occhi con le mani per proteggermi dalla luce abbagliante che ci è piombata addosso all'improvviso. Si è aperta una portiera e qualcuno si è avvicinato.

«Marnus?»

Oh no. Me lo dovevo aspettare. Sono saltato su e mi sono arrampicato di nuovo.

«Sì, mamma?» ho risposto al sicuro sul ramo più basso.

Falene e polvere vorticavano nella luce intensa dei fari. Dopo un'intera giornata di lavoro, i vestiti di mia madre non sembravano minimamente stropicciati e lei non aveva una ciocca fuori posto. Era diversissima dalla mamma di Leila con la sua gonna colorata a fiori tutta spiegazzata e i capelli legati in una coda morbida un po' arruffata.

«Marnus, questa messa in scena finisce qui. Vieni a casa. Tuo padre lo strozzo. Non posso credere che ti abbia lasciato lassù.»

A dire il vero, non c'era nulla di cui stupirsi. Un sabato ci aveva portati tutti e tre a vedere una partita di rugby e al ritorno si era dimenticato Adrian allo stadio. Anche in quel caso non era stata solo colpa di papà: Adrian aveva raccolto sugli spalti le ordinazioni della gente e poi si era messo a fare la coda al posto di quelli che non volevo alzarsi durante la partita per comprarsi da bere e da mangiare. Per una bella cifra, intendiamoci. Io e Donovan non avevamo detto niente a papà perché volevamo vedere quanto tempo ci avrebbe messo ad accorgersi che Adrian non era in macchina con noi. Si era finalmente reso conto che eravamo solo in tre quando aveva parcheggiato in garage.

«Scendi di lì, Marnus. Non fartelo ripetere due volte. È l'ultimo avvertimento.»

Ho fatto un bel respiro. «Stasera dormo qui, mamma. Io e Leila rimaniamo sull'albero finché quelli del Comune non decidono di non tagliarlo più.» Mi sono fatto coraggio. «Tu dici sempre che bisogna battersi per una giusta causa. È quello che stiamo facendo io e Leila.»

Ho ripensato alla storia dei bulldozer che ci aveva raccontato il custode e mi sono sentito un po' in colpa.

«Non dire stupidaggini!» ha sbraitato. «Non c'entra niente questo discorso!»

«E invece sì!» ho replicato. «È solo che invece di batterci in un tribunale, ci stiamo battendo… ehm… su un albero.»

Certe volte una frase che sembra sensatissima

quando la pensi, detta ad alta voce ti fa subito sembrare uno che ha sniffato la colla.

Mamma ha sospirato: «Marnus, per favore. Non ho le forze per discutere. Ho avuto una giornata lunga e difficile. Domani chiamo il Comune per scoprire se sono state seguite tutte le procedure del caso per poter tagliare l'albero. Magari troviamo un cavillo che gioca a nostro favore. Non c'è niente che tu, o io, o...» ha guardato i piedi di Leila che spuntavano tra le foglie come due pallidi animaletti notturni «qualcun altro possa fare in questo preciso momento. Scendi di lì e sali in macchina».

«A casa non ci torno» le ho risposto deciso. «A casa non sapete nemmeno che esisto. Sono lo schiavo di tutti. Se Donovan non avesse spifferato, non vi sareste accorti che ero sparito fino a domani mattina.»

«Che stupidaggini!» ha risposto mamma. «Non c'è bisogno che ti arrampichi su un cavolo di albero per attirare l'attenzione.» Il suo tono di voce si stava alzando pericolosamente.

All'improvviso ho avuto la tentazione di raccontarle che Donovan mi bullizzava e Adrian mi ricattava, ma se Donovan avesse scoperto che avevo fatto la spia, avrei dovuto passare il resto dei miei giorni su quell'albero. E in più dipendevo da Adrian per avere la mancetta fino alla fine delle vacanze.

Ho incrociato le braccia. «Io da qui non mi muovo.»

Scacco matto.

Ci siamo fissati a lungo.

La madre di Leila si è schiarita la voce. «Per lo meno questa è una zona tranquilla» ha detto con prudenza. Aveva un tono dolce rispetto a quello di mia mamma. «Stanotte non li lascio da soli.»

Mamma si è massaggiata con le dita il punto tra le due sopracciglia e ha chiuso gli occhi. Faceva sempre così quando cercava di calmarsi. Poi ha scosso la testa ed è tornata in macchina. La conoscevo abbastanza da sapere che non si sarebbe arresa così facilmente. Ma stava perdendo la pazienza, e mia madre era convinta che un avvocato debba restare sempre calmo e padrone di sé.

È ripartita con il motore della Renault che scoppiettava rabbioso.

Quando il rumore della macchina è svanito, al buio Leila mi ha detto: «Tu e tua mamma vi assomigliate veramente tanto».

7

Rumori nella notte

Dovevo essermi addormentato, credo, perché sono stato risvegliato da qualcuno che mi chiamava piano piano.

«Marnus!»

Era un sussurro agitato.

Confuso, mi sono tirato su. Non sapevo più dov'ero. Poi mi sono ricordato dell'albero.

«C'è… qualcosa qui» ha bisbigliato la mamma di Leila.

L'ho sentita che frugava da qualche parte al

71

buio e poi *whoosh*, ha acceso un fiammifero. La luce gialla le dava un'aria spettrale e aveva gli occhi sgranati e spaventati. Teneva il fiammifero sopra il cestino da picnic.

«Qualcosa, o qualcuno, ha spazzolato tutto» ha detto.

Con le braccia conserte mi sono guardato intorno. Quando il fiammifero si è consumato è tornato buio pesto. Sentivo il cuore che mi pulsava nelle orecchie. Era come se il buio ci stesse osservando. Di colpo volevo tanto essere a casa mia, nel mio letto.

Secondo il prof Fourie, dai miei temi si capiva che avevo una fervida immaginazione. Certe volte non è per niente una bella cosa. Nella mia testa vedevo già i titoli dei giornali su due ragazzini e una donna assassinati al parco in piena notte.

La mamma di Leila ha acceso un altro fiammifero e si è data da fare per riaccendere anche una candela. Alla fine la fiamma fremeva flebile.

«Forse dovresti venire a sederti quassù» ha suggerito Leila.

Non avevo abbastanza fantasia per immaginare mia mamma che si inerpicava su un albero, la mamma di Leila invece non se l'è fatto ripetere due volte. Ecco da chi Leila aveva preso il talento per l'arrampicata. Si è sistemata la gonna attorno alle gambe ed è salita in un lampo. Per un secondo ho preso in considerazione l'idea di restare giù. Non sarebbe stato strano passare la notte su un albero con Leila e anche con sua madre?

Poi però ho sentito un rumore. Vicino.

Leila e sua mamma hanno cacciato un urlo.

Di sicuro ho battuto un record di scalata.

Siamo rimasti seduti in silenzio ad ascoltare. Il vento che stormiva tra le foglie ha spento la candela sotto di noi. Respiravo a mala pena.

Nel buio pesto, abbiamo sentito fruscio di carta, e poi ringhiare e masticare voracemente.

Ho incrociato le dita sperando che Leila e sua

mamma non si mettessero a urlare come le ragazzine al cinema. Ero pur sempre l'unico uomo sull'albero, anche se avevo solo tredici anni ed ero il più mingherlino della comitiva. Avrei dovuto tranquillizzarle, suppongo, o proteggerle o robe del genere. Ma io non avevo idea di come si facesse a calmare una madre e una ragazzina sedute su un albero mentre sotto di noi, nel cuore della notte, un malintenzionato ci rubava il cibo. Se ci fosse stata mia mamma, avrebbe trovato il modo di farlo scappare da un pezzo. Era abituata a spaventare a morte assassini, ladri e altri delinquenti. Pure il papà aveva paura di lei, anche se non lo avrebbe mai ammesso.

Poi non abbiamo più sentito niente, ma sembrava passato un secolo.

«Se n'è andato?» ha domandato Leila sottovoce.

Silenzio.

«C'è nessuno?» ho detto con prudenza. Mi

veniva in mente quell'uomo con un occhio solo che chiedeva sempre l'elemosina al semaforo davanti all'università e che mi faceva venire la pelle d'oca quando sbirciava dentro l'auto con quel suo sguardo.

C'era un silenzio di tomba.

«Se n'è andato di sicuro» ha detto Leila.

«Io da qui non mi muovo» ha risposto sua madre.

Quando ormai era chiaro che lo stalker notturno non si sarebbe fatto vedere per un po', mi sono rilassato un attimo.

Ho sbadigliato.

Per la millesima volta: quanto avrei voluto avere con me il cellulare per guardare l'ora o almeno per ingannare il tempo giocando a qualcosa. Anche se probabilmente la batteria sarebbe già stata morta, visto che avevo il telefono più vecchio della casa. Mi sa che Noè sull'arca usava lo stesso modello. Non sapevo per quanto tempo avevo sonnecchiato. E la povera Leila non aveva proprio chiuso occhio, perché il primo turno era spettato a me.

Mi è tornata la pelle d'oca, ma per fortuna questa volta non a causa di misteriosi rumori notturni: l'aria della sera era freschina.

Il silenzio iniziava a darmi sui nervi, perciò mi sono schiarito la voce.

«Ehm ehm… siete naufragate su un'isola deserta» ho cominciato «e con voi avete solo tre cose. Un giornale… un cordino… e una tavoletta di cioccolato. Che cosa ve ne fate?»

Leila ha ridacchiato. «Il giornale è facile, lo piego e ci faccio un cappellino per proteggermi dal sole… e mi costruisco un riparo di qualche genere così non divento rossa con un'aragosta.»

«Se il cordino è abbastanza lungo, ci fabbrico un'amaca» si è unita la mamma di Leila. «Così posso stendermi a leggere il giornale aspettando che qualcuno venga a salvarmi.»

Ho sorriso. «La barretta di cioccolato è la più facile. Io me la mangerei.»

«No!» è saltata su la mamma di Leila. «Io la metterei da qualche parte per attirare gli insetti. Ho letto che quando naufraghi e non hai da mangiare, gli insetti sono una fonte eccellente di proteine.»

«Che schifo!» ha detto Leila. «Se fosse un'isola di cannibali, darei il cioccolato al principe dei cannibali. Magari appena lo assaggia scatta il colpo di fulmine, io divento la principessa cannibale e rimango sull'isola per il resto dei miei giorni.»

«Che schifo!» ho risposto io. «Vuoi diventare una cannibale?»

«Esatto! Sarà meglio che non capitiate sulla mia isola» ha ribattuto con voce minacciosa. «Qualsiasi cosa è meglio che mangiare gli insetti... Anche un po' di carne umana. Aaaaah!»

Siamo scoppiati a ridere.

Tutto a un tratto, però, proprio sotto l'albero qualcuno ha tossito.

Le nostre risate si sono trasformate in grida isteriche.

Per fortuna Leila e sua mamma urlavano così forte che le mie non si sentivano nemmeno.

«Tranquilli, tranquilli! Sono io!»

«È lo zio John» ho detto ancora tremante, «il custode!»

Ha puntato la torcia verso l'albero e il potente fascio di luce mi ha accecato.

«Volete compagnia?»

«Va bene» ha risposto Leila con una risata tremolante. «Che cosa faresti con una barretta di cioccolato se fossi naufragato su un'isola deserta?»

Lo zio John ci ha pensato un attimo prima di rispondere: «Be', dipende da chi è naufragato con me. Chi lo sa? Potrei anche condividerla».

8

No comment

Per la prima volta in vita mia mi sono svegliato sotto un albero.

Avevo il sole dritto in faccia e piano piano ho aperto gli occhi.

«Buongiorno, dormiglione» mi ha salutato Leila dal suo ramo.

Aveva la voce allegra per essere una che aveva passato quasi tutta la notte seduta su un albero. Nelle prime ore del mattino, a un certo punto aveva trasgredito alla sua stessa regola anche lei e avevamo dormito tutti e tre a terra sulle coperte, ma chiaramente adesso era già in posizione.

La mamma di Leila ha sbadigliato e si è stiracchiata. Aveva delle foglie tra i capelli arruffati.

Del custode non c'era traccia.

I miei vestiti erano umidi di rugiada. Ho provato a schiacciarmi giù i capelli con le mani. Mi sentivo la bocca impastata come se mi ci avesse dormito dentro uno dei criceti di Adrian. Se mamma o papà fossero tornati, mi sarei fatto coraggio e avrei chiesto spazzolino e dentifricio.

Un uccellino cinguettava in cima all'albero. Mi sono accorto a scoppio ritardato che il cestino era ribaltato. Adesso che era giorno, vedevo con i miei occhi quanti danni aveva fatto il misterioso stalker notturno. C'erano briciole e pacchetti di patatine dilaniati sparsi per tutto il prato.

«Peccato. Però magari è stato qualcuno che aveva fame» ha detto la mamma di Leila, poi ha cominciato a sistemare.

«Guarda chi si vede» ha esclamato Leila.

Dal campo di bocce stava arrivando il custode. Aveva in mano un vassoio con delle tazze.

«Spero con tutto il cuore che ci sia del caffè in quelle tazze» ha detto la mamma di Leila.

«'Giorno!» ci ha salutati lo zio John bello allegro. «Come stanno i difensori dell'albero questa mattina? Vi ho portato la colazione.»

È bastato il profumo del caffè appena fatto per attirare giù Leila.

Mentre bevevo il mio, ho guardato il prato dove giocavano a bocce. Gli spruzzatori dell'irrigazione *ciaf-ciaf-ciaf*avano ritmicamente e il getto d'acqua luccicava al sole.

«Ho fatto partire presto l'irrigazione, stamattina» ha detto lo zio John.

«Non ti annoi a fare il custode del circolo delle bocce?» gli ho domandato. «Io preferirei fare il custode dello stadio di rugby. Così potrei conoscere tutti i giocatori famosi e guardare le partite senza pagare il biglietto. Non mi viene in mente nemmeno un giocatore di bocce famoso.»

Lo zio John è scoppiato a ridere. «Non ci crederai, ma qui al circolo vengono due giocatori della nazionale di rugby.» Si è appoggiato con la schiena contro l'albero, sovrappensiero, con lo sguardo perso mentre soffiava sul caffè per farlo raffreddare. «Le bocce sono un gioco fantastico a essere sinceri. Peccato che la gente lo conosca così poco.» Aveva un sorriso strano. «Sapete perché i giocatori di bocce si vestono di bianco? Secondo me perché fanno le prove generali per diventare angeli. È a quello che mi fanno pensare: a gruppetti di angeli che giocano su un prato.» Ha sospirato. «Mia moglie andava pazza per le bocce. Ha giocato nella squadra provinciale, finché il cancro non ha avuto la meglio. Se volete sapere come la penso io, in paradiso giocheremo tutto il giorno…»

«A bocce?» ho chiesto facendo una smorfia.

«No, non solo a bocce» ha risposto il custode con un sorrisone. «A tutto quello che si vuole. Niente lavoro, niente preoccupazioni, niente malattie: un gioco dopo l'altro, dalla mattina alla sera.»

Ho fatto un'altra smorfia. «Non credo che si possa giocare a rugby in paradiso. Mio papà dice decisamente troppe parolacce quando guarda una partita.»

Il custode ha riso così forte che gli ballonzolava la pancia. In un paio di sorsi ha finito di bere e ha versato le ultime gocce sull'erba. «Devo andare» ha detto. «Più tardi vengo a recuperare tazze e vassoio.» Poi con un gesto: «A quanto pare avete un ospite mattiniero».

Un ragazzo stava camminando verso di noi. Era alto e magro, con la barba. La barba però non si addiceva troppo al giovane viso: sembrava più un travestimento, o un animaletto peloso abbarbicato alla mandibola con tutte le sue forze.

Indossava pantaloni verde brillante stretti alle caviglie e scarpe da ginnastica bianche e nere. In mano aveva un taccuino.

«Secondo voi è uno del Comune?» ha chiesto la mamma di Leila.

«Non lo so» ha risposto Leila. «Non sembrerebbe, ma sarà meglio che torniamo su.»

Quando è arrivato ai piedi dell'albero, io e Leila eravamo già sul nostro ramo.

«Buongiorno» ci ha salutati con un vocione che sembrava arrivare dalle profondità della sua barba. Parlava con la mamma di Leila. «Mi chiamo Junior du Toit. Sono un giornalista del "Morning News".» Ha alzato lo sguardo verso la chioma. Quando ha visto me e Leila ci ha sorriso. «Vorrei scrivere un pezzo su voi due.»

Ci siamo guardati increduli.

«Come hanno fatto quelli del giornale a sapere di noi?» mi ha bisbigliato Leila nell'orecchio.

Non ne avevo idea.

Junior du Toit ha aperto il taccuino. «Abbiamo ricevuto una telefonata. Da uno che voleva venderci l'esclusiva sulla vostra storia.»

Ho mugugnato. «Scommetto che è stato mio fratello minore» ho detto costernato a Leila, con un filo voce. «Adrian si inventerebbe qualsiasi cosa per fare soldi».

«Purtroppo però noi le storie non le paghiamo» ci ha spiegato il giornalista, «ma mi piacerebbe molto parlare con voi, se non vi dispiace.» Ha guardato con rispetto la mamma di Leila. «Lei è la mamma di uno dei due, giusto?»

«Leila è mia figlia.»

Il giornalista è tornato a guardare in su. «Avete dormito tutta la notte sull'albero?»

Io e Leila ci siamo scambiati un'occhiata.

«Abbiamo dormito giù a turni. Mia mamma è stata con noi tutto il tempo.»

Junior ha preso appunti. «E state protestando contro l'abbattimento dell'albero, giusto?»

«Quest'albero è qui da anni» ha risposto Leila. «Il Comune non può installare i suoi tubi da un'altra parte? Lo zio John, il custode del campo da bocce, dice che un albero così dovrebbe vivere per sempre. Scrivilo nel tuo articolo.»

«Guarda un po' chi è tornato...» ho detto, sospirando.

Il pick-up bianco del Comune veniva verso di noi, tra gli alberi.

Sono scesi Faccione Rosso e Faccia da Ratto. Anche se era ancora presto, Faccione Rosso aveva già gli aloni del sudore sotto le ascelle.

«Ancora qui, voi due?» ha chiesto con insofferenza. «'Giorno» ha aggiunto, salutando la mamma di Leila e il giornalista. «Spero siate qui per parlare con i ragazzi. Per farli ragionare. Quest'albero va abbattuto. Oggi. Siamo in ritardo di un giorno sulla tabella di marcia.»

«Noi restiamo dove siamo!» ha detto Leila sfrontata.

Faccione Rosso si è subito trasformato in Faccione Bordeaux. «Dove sono i tuoi genitori?» ha chiesto. «Tutta la notte da sola in un parco? Che razza di madre e di padre accettano una cosa del genere?»

La mamma di Leila si è schiarita la voce. «Sono io sua madre.»

Faccione Rosso si è ricomposto. «Signora» le ha detto, «parli con sua figlia. La prego. Ci spiace per l'albero. Davvero. Ma la prego, cerchi di capire. Non abbiamo altra scelta.»

Il giornalista stava osservando la scena come se fosse al cinema e ogni tanto si annotava qualcosa.

«Leila» ha detto sua mamma, come la sera prima.

Leila, come la sera prima, l'ha ignorata.

Faccione Rosso si è asciugato la fronte con un fazzoletto e ha borbottato qualcosa sui giovani d'oggi, che sono fuori controllo, e sui genitori che non sono più in grado di tenerli a bada.

Faccia da Ratto non ha aperto bocca. Ci guardava accigliato come se sperasse solo di poter sfoderare la sega elettrica e tagliare l'albero con noi ancora sopra. Mi dava l'idea di uno che si sarebbe divertito a guidare un bulldozer.

«Buongiorno, signore, sono Junior du Toit, reporter del "Morning News"» ha detto il giornalista porgendo la mano a Faccione Rosso. «Immagino che lei sia del Comune, giusto? Le dispiace se le faccio qualche domanda? Perché l'albero deve essere abbattuto?»

A Faccione Rosso sembrava fosse andato qualcosa di traverso. «Io non parlo con i giornalisti!» ha sbottato. «No comment. Chiami il responsabile dell'ufficio stampa del Comune. Non che possa servire a qualcosa, visto che è in ferie.» Con uno strattone ha aperto la portiera del pick-up e, con uno sguardo minaccioso, ha piantato un dito verso me e Leila. «Occhio voi due! Avete esagerato con questa storia. Avete decisamente esagerato!»

9

Abbandonati

«È venuto qui un giornalista» ha annunciato Leila quando Mrs Merriman è comparsa più tardi con i due barboncini. Si è fermata a esaminare uno spiazzo di terreno sabbioso, senza erba. George e Trixibelle annusavano in giro tutti eccitati.

«Qui è passato un cane» ha osservato. «Un grosso cane: vedete che impronte?»

Io e Leila ci siamo guardati. Stavamo pensando tutti e due la stessa cosa: il nostro ospite notturno era un cane?

La mamma di Leila era tornata a casa a farsi una doccia e a mettersi dei vestiti puliti. Avevo sperato che Leila le chiedesse di portarci un cellulare, un orologio, qualcosa. Pure un gioco in scatola andava bene, anche se in realtà li odiavo, i giochi in scatola. Le partite di Monopoli duravano secoli e vinceva sempre Adrian; e quando giocavamo a Pictionary finivo ogni volta in squadra con Donovan che non sapeva disegnare nemmeno un uomo stecchino. Ma Leila e sua mamma erano strane. Non si parlavano granché.

«Chissà che cane era» ha detto Mrs Merriman, che stava ancora studiando le impronte. Si è tirata su strofinandosi la schiena. «Le persone non si rendono conto di quanti siano i cani randagi che girano per la città. Vorrei che fosse obbligatorio entrare in un canile almeno una volta all'anno: roba da spezzarti il cuore. Non so come si possano abbandonare gli animali.»

Sembrava tornata quella di sempre. Aveva attaccato con lo stesso discorso che faceva ogni volta che si presentava al cancello di casa per raccogliere donazioni per gli animali abbandonati.

Ha steso sotto l'albero la tovaglia da picnic rosa e si è seduta. George e Trixibelle stavano ancora annusando in giro curiosi, come se quel prato spelacchiato fosse un giornale pieno di succose notizie canine. Lei si è messa comoda e ha tirato fuori una rivista.

Per un po', abbiamo sentito solo il cinguettio degli uccellini e la matita di Mrs Merriman che compilava le parole crociate.

«Perché il rosa?» è saltata su Leila.

Mrs Merriman ha alzato lo sguardo, sorpresa. Ha fatto ondeggiare i capelli, all'improvviso sembrava in imbarazzo e le è comparsa un'ombra di tristezza agli angoli della bocca.

Non potevo credere che Leila le avesse chiesto una cosa del genere. Mi ero domandato spesso perché avesse i capelli rosa, il rossetto rosa e i vestiti rosa, ma non mi ero mai azzardato a dirlo ad alta voce.

Mrs Merriman ha tratto un breve sospiro divertito e poi ha sorriso. «Perché no?» ha risposto. «Ho avuto per tutta la vita capelli anonimi e vestiti anonimi, l'ufficio in cui lavoravo era anonimo e anche la mia casa. Anche mio marito era anonimo. Perciò adesso che sono vecchia e che mio marito è morto da tanto tempo, mi vesto di rosa.»

All'improvviso George, che era poco distante, ha cominciato a guaire. A furia di annusare, i due cani si erano allontanati dall'albero e George stava puntando un boschetto di arbusti sospetto. Ha guaito di nuovo. Poi Trixibelle si è lanciata all'attacco e ha cominciato ad abbaiare in modo isterico.

«Georgie! Trix!» ha chiamato Mrs Merriman agitata. «Qui, tesorini! Che succede?»

Si è alzata ed è andata a indagare.

Dai cespugli veniva un ringhio minaccioso.

Una volta ho letto un articolo sugli animali selvatici, tipo iene e leopardi, che si aggirano di notte per le città in cerca di cibo e che si nutrono mangiando gli avanzi della gente dai cestini della spazzatura. Che cosa cavolo avrei fatto se un leopardo fosse saltato addosso a Mrs Merriman in pieno giorno?

«Stia attenta!» l'ho messa in guardia.

Lei ha preso in braccio George e Trixibelle ed è tornata sotto l'albero.

«Non vi muovete di qui, birbanti» ha ordinato con voce severa. Poi ha pescato qualcosa dalla borsa rosa. È tornata davanti ai cespugli. Chiaro che non aveva mai letto un articolo sulle iene e sui leopardi che vivono in città.

«Vieni a vedere che cos'ho per te» ha detto allungando la mano. «Non preoccuparti» ha continuato con voce vellutata, «te lo lascio qui.»

Ha appoggiato per terra un panino e si è allontanata piano piano.

Ho guardato Leila con aria interrogativa, ma nemmeno lei ci stava capendo niente.

Tra i cespugli si è mosso qualcosa. Mi è preso un colpo. È comparso un grosso cane nero, che teneva il muso basso, vicino a terra. Prima si è guardato attorno circospetto, poi ha fatto un balzo verso il panino e in due morsi se l'è sbafato. Era un cagnone scheletrico e le costole gli premevano sotto la pelle come se volessero spuntare fuori.

«Guarda!» ha esclamato Leila sbalordita.

Dai cespugli è spuntato un cucciolotto che avanzava impacciato sulle zampine incerte e dietro di lui ce n'era un altro.

George e Trixibelle hanno iniziato a ringhiare. «Buoni, voi due» li ha ammoniti Mrs Merriman. Si asciugava gli occhi, mentre guardava l'animale mangiare. «Povera, povera tesorina...»

Ha rovistato nella borsa per cercare altri panini. Quando si è avvicinata, la cagna nera è indietreggiata con la coda tra le zampe.

Lei ha appoggiato i panini nello stesso punto di prima ed è tornata da noi.

La cagnolona si è avvicinata furtiva ai panini e si è messo a mangiarli.

Mrs Merriman stava in piedi sotto l'albero e la guardava divorare tutto.

«Quando hai i capelli rosa e i vestiti rosa, ti notano sempre» ha detto con una voce strana. Si è interrotta un attimo e si è schiarita la voce. «Ho un figlio, ma non so dove sia. Non ci parliamo da anni. Si era immischiato con una brutta compagnia. Aveva cominciato a rubare e a drogarsi; certe volte spariva per settimane. Volevo aiutarlo, per questo l'ho fatto entrare in un centro di recupero, ma lui si è infuriato. Quando ne è uscito, è sparito senza lasciare traccia. Non so dove sia. Non so nemmeno se abbia un letto in cui dormire. Magari anche lui passa la notte sotto un cespuglio in un parco chissà dove, come un cane abbandonato. È lì che l'ho trovato l'ultima volta, quando poi l'ho mandato a disintossicarsi. Ho paura che un giorno magari ci incroceremo per strada e senza riconoscerci...» Si è soffiata il naso.

Di fianco a me Leila singhiozzava. Le lacrime le scorrevano abbondanti sulle guance. Senza dire una parola, le ho passato lo strofinaccio.

Mrs Merriman si è schiarita la voce un'altra volta. «Oggi mi dovete scusare, ragazzi.» All'improvviso sembrava tornata normale. «Devo andare a trovare una sistemazione per questa povera cagna e i suoi cuccioli, qualcuno che se ne prenda cura. Purtroppo di panini non ne ho più, ma ci sono ancora le bibite fresche. Non lasciatevi intimidire da quel bullo del Comune! State facendo una cosa giusta. Una cosa giusta, coraggiosa e bella. In questo mondo succedono decisamente troppe poche cose giuste.»

Ho fissato Mrs Merriman mentre si allontanava. Gli occhi gonfi di Leila mi mettevano a disagio, perciò ho preferito non guardarla.

Non sapevo mai che fare quando le ragazze piangevano. Mamma non era come le altre che piangono al cinema. Forse era un bene. La mamma di Rohan, il mio migliore amico che era in vacanza in America, piangeva per tutto. Una volta era scoppiata in lacrime quando la nostra squadra di rugby aveva perso una partita. Per una settimana, Rohan aveva preso seriamente in considerazione l'idea di passare agli scacchi.

Cominciava a fare caldo. Mi sono stiracchiato le gambe e ho cercato di mettermi comodo appoggiato al tronco dell'albero.

«Chissà che cosa scriverà il giornalista su di noi» ho detto a Leila.

Non mi ha risposto.

«Non sembri per niente contenta» ho aggiunto, «ma alla fine mio fratello ci ha fatto un favore. Se la gente legge dell'albero, abbiamo più possibilità di salvarlo.»

Ho alzato lo sguardo.

Avevo mai guardato un albero per davvero? Tutto d'un tratto, mi sembrava che il mio modo di guardare gli alberi del parco fosse cambiato. Quello su cui eravamo seduti noi non stava praticamente mai zitto. Le foglie continuavano a frusciare dolcemente, anche quando il vento non sembrava soffiare, e a cambiare colore: verde-grigio, verde brillante, verde cachi, verde pallido. Fino al giorno prima non sapevo nemmeno che esistessero le *witkaree*. Leila, invece, le chiamava addirittura con il loro nome scientifico.

«Conosci anche altri alberi oltre a questo?» le ho chiesto.

Ha cominciato a elencarmi i nostri vicini. Eucalipto. Pino. *Celtis*. Acacia. *Cussonia spicata*.»

«Com'è che sai tutti questi nomi?»

«Li so e basta» mi ha risposto indifferente.

All'ora di pranzo, la mamma di Leila ci ha portato qualche panino e un po' di frutta. Ero felice di avere una scusa per scendere perché avevo il didietro tutto scorticato. Quando mio nonno era malato, avevo sentito che ti potevano venire le piaghe se passavi troppo tempo a letto. Potevano venirti anche se stavi troppo tempo seduto su un albero?

Leila ha mangiato i suoi panini senza scendere. Quel giorno era venuta giù solo una volta per andare in bagno al circolo delle bocce.

Dopo pranzo, la mamma di Leila ha passato un po' di tempo sotto l'albero a leggere, poi è tornata a casa.

Io e Leila, siamo rimasti sull'albero, di nuovo soli. Ma non per molto.

Dopo poco ho visto due che venivano verso di noi. Non ero per niente contento quando ho riconosciuto il cappellino storto e la maglietta gonfia di muscoli di Donovan, e la camicia elegante di Adrian. Mio fratello minore si rifiutava di usare le magliette: aveva solo nove anni, ma si vestiva da adulto. Da adulto molto noioso. A quanto sosteneva lui, lo faceva per gli affari, per essere preso sul serio.

«Eccolo, l'uomo che abbraccia gli alberi!» mi ha preso in giro Donovan.

«Ciao, Donovan» gli ha risposto Leila tutta allegra.

Donovan è arrossito. «Scusa, a dire il vero parlavo con quel babbuino» le ha risposto.

L'ho ignorato. «Adrian, se la mamma scopre che hai chiamato il giornale per cercare di guadagnare da questa storia, ti strappa la pelle di dosso e ci si fa delle scarpe per prenderti a calci nel sedere.» Era la minaccia tremenda che ci ripeteva sempre lei quando ne combinavamo una grossa.

Il mio fratellino ha alzato gli occhi al cielo. «E chi glielo dice... Tu?»

«Può darsi.»

«Non ti dimenticare che mi devi ancora un sacco di soldi.» Ha tirato fuori qualcosa dalla tasca. «E magari rivuoi indietro questa...» ha concluso trionfante agitando la mia PSP.

«Tanto nemmeno funziona» gli ho risposto.

«Conosco uno che ripara roba elettronica» ha detto. «L'ho messo sul tuo conto.»

«Ma chi ti ha detto di farmela riparare?» ho protestato.

Anche stavolta, però, Adrian era un passo avanti: ovviamente sapeva che sull'albero mi annoiavo a morte. Nella sua testolina, anche la noia di qualcuno era un'opportunità per arricchirsi.

«La mamma ci ha detto di portarti la roba per lavarsi» ha detto Donovan. «È la prima e l'ultima volta. Non credere che correrò qui da te tutti i giorni solo perché sei su un cavolo di albero.»

«Che cos'ha detto la mamma quand'è rientrata ieri sera?» ho chiesto per tastare il terreno.

Donovan ha risposto con un fischio. «Dammi retta, meglio se non lo sai. Si è scatenato l'inferno. Era peggio di un T-rex con il mal di denti. Dovresti tornare a casa, stai incasinando le vacanze di tutti.»

«Mi fa piacere che ti manco così tanto» ho risposto sarcastico.

«Dài, Adrian, andiamo. Non ho intenzione di passare tutto il giorno a chiacchierare con quel pazzo di nostro fratello» ha detto Donovan.

Quando hanno fatto per allontanarsi, ho urlato: «Aspetta, Adrian! Ehm… la PlayStation?».

Lui me l'ha passata, sogghignando. Praticamente aveva il segno dei dollari impresso negli occhi, come nei fumetti.

Dopo che se ne sono andati, ho offerto a Leila la PSP. «Ci vuoi giocare?»

Mi ha sorriso e ha scosso la testa. «No no, vai pure tu.»

Adrian ci aveva caricato *Pro Evolution Soccer*. Non era il mio gioco preferito, ma almeno mi avrebbe aiutato a passare il tempo.

E parlando di tempo, grazie alla PSP sapevo anche che ore erano. Alle 15:17 la mia squadra aveva appena perso clamorosamente contro il Brasile, quando tre pick-up del Comune si sono fermati poco lontano dal nostro albero.

Ho lanciato un'occhiata preoccupata a Leila.

È scesa una squadra di operai. Faccione Rosso ha cominciato ad abbaiare ordini mentre Faccia da Ratto aiutava a scaricare l'attrezzatura.

«*Acacia karroo*» ha detto Leila a bassa voce, come se fosse una formula segreta, magica.

Ci ho messo un attimo prima di capire che era il nome di un albero. L'albero che gli operai del Comune stavano attaccando.

È partito il rumore di una sega elettrica.

Come ipnotizzato, sono rimasto lì a guardare gli uomini che abbattevano la pianta. All'inizio la sega ruggiva come un predatore feroce, poi c'è stato come uno strappo orribile, seguito da un tonfo sordo. Sembrava che l'albero fosse percorso da un ultimo fremito.

L'aria sapeva di segatura fresca. Nel silenzio che era sceso all'improvviso, non si sentiva nemmeno un cinguettio.

Ho fatto un respiro profondo e ho guardato Leila.

Se ne stava lì seduta, con lo sguardo perso in lontananza come se non si fosse accorta di niente, ma dalle pieghe bianche agli angoli della bocca si capiva che stava digrignando i denti.

Quando ha ricambiato il mio sguardo, frammenti di ghiaccio brillavano nei suoi occhi azzurri.

10
Milly

Era sera tardi. La nostra seconda notte sull'albero.

Ho sbadigliato. A terra sotto di noi sentivo la mamma di Leila che respirava serena. Non so come, ma sapevo benissimo che pure Leila era ancora sveglia. Avevo la sensazione che anche lei stesse ascoltando i suoni della notte. Mi sono appoggiato al tronco ruvido e ho guardato le stelle che lentamente scivolavano tra le foglie.

"L'albero al centro del mondo", lo aveva chiamato Leila. Non avevo ancora capito esattamente perché gli avesse dato quel nome.

Chissà come stavano Mrs Merriman e la cagnolona. Quel pomeriggio, verso le cinque, la donna si era presentata al parco con un furgoncino del rifugio per cani. Erano venuti a prendere la cagna e i suoi cuccioli.

Alla vista dell'acacia abbattuta, era scoppiata a piangere.

Una giornata di lacrime. Speravo ce ne sarebbero state meno il giorno seguente.

Era stata una bella lotta, far entrare la cagna nel furgoncino. Quando quelli del rifugio avevano fatto per avvicinarsi, era diventata molto aggressiva. Alla fine avevano dovuto lasciarle un pezzo di carne con del tranquillante fuori dal nascondiglio.

Mi era dispiaciuto per la povera cagnona drogata e per i suoi cuccioli quando li avevano caricati sul furgone. Che ne sarebbe stato di loro?

Sapevo bene che cosa succedeva ai randagi che non avevano una casa, ma lei era una mamma…

Verso le sette e mezza di sera era ricomparsa la mia, di mamma. Questa volta non voleva litigare. A dire il vero, non mi avrà detto più di mezza parola. Mi ha portato un cuscino, il sopra di una tuta, un bottiglione di succo di frutta e un contenitore con dentro i timballi di carne del supermercato. Poi se n'era andata.

Io e Leila ci eravamo trangugiati i tortini freddi. Mamma pensava forse che gli alberi fossero dotati di forno a microonde?

«Milly» aveva sussurrato Leila quando eravamo seduti per terra.

«Eh?» le avevo risposto, anch'io sottovoce.

«Quella cagnolona, possiamo chiamarla Milly?»

«Perché no. Nel senso, non credo che a Mrs Merriman dia fastidio.»

Per qualche ragione, mi inorgogliva che avesse chiesto il mio parere.

11

In prima pagina

La prima cosa di cui mi sono reso conto quando ho aperto gli occhi la mattina seguente era che stavo dormendo con la testa appoggiata sulla spalla della mamma di Leila. Volevo sotterrarmi dalla vergogna ma sono rimasto fermo lì, non mi sono alzato per paura di svegliarla. Speravo di non aver russato, né di averle sbavato addosso. Io e Leila ci eravamo scambiati di posto appena dopo mezzanotte.

La seconda cosa di cui mi sono reso conto era che qualcuno bisbigliava.

«… veramente incredibile…»

«… fichissimo…»

«… e sono così giovani…»

«… l'albero più bello che abbia mai visto…»

«Marnus, svegliati!»

L'ultima voce era più forte ed era quella di Leila.

Mi sono tirato su.

E sono rimasto a bocca aperta.

Poco lontano c'era un gruppo di persone.

A occhio e croce dovevano essere in quindici.

Erano quasi tutti vestiti in modo strano ed eccentrico. Se ne stavano lì in piedi a guardare Leila, sua mamma e me come se fossimo animali esotici allo zoo. Si è svegliata anche la madre di Leila e con un «Eh?» di stupore si è tirata su.

Si è avvicinata una ragazza. Aveva l'aria di essere il capo del gruppo. Il sole del mattino le luccicava sulla testa mora, rasata. Aveva tre anelli al naso. Chissà se le aveva fatto male, farsi i buchi.

«Io sono Killer» ha detto.

Aiuto. Non è da tutti i giorni conoscere una ragazza che si chiama Killer ancor prima di colazione.

«Ehm… Io mi chiamo Marnus» ho risposto. Siccome mi ero appena svegliato, avevo la voce un po' impastata.

Sono scoppiati tutti a ridere, come se avessi fatto una battuta.

«Sappiamo il tuo nome, Marnus» ha detto Killer con un sorriso. «Abbiamo letto di te e di Leila sul giornale di oggi. Séte molto coraggiosi. Abbiamo deciso di aiutarvi.»

«Di aiutarci?»

«Siamo tutti studenti» ha risposto. «E abbiamo appena finito gli esami. Perciò possiamo darvi una mano.»

«Fermiamo i fascisti!» ha gridato uno dei ragazzi. Aveva i capelli rossi e i dread, e sventolava un cartello con scritto proprio: FERMIAMO I FASCISTI!

«*Salviamo l'albero! Salviamo l'albero! Salviamo l'albero!*» ha cominciato a scandire una ragazza. Sembrava così arrabbiata che mi si è stretto lo stomaco.

Con una certa agitazione, mi sono girato verso la mamma di Leila. Non avevo idea di che cosa fosse un fascista, ma non prometteva bene.

«*L'albero non si tocca! L'albero non si tocca!*» gridava in coro tutto il gruppo.

Sull'albero, Leila con gli occhi sbarrati sembrava un lamantino sbigottito. Era come se non sapesse che cosa pensare di Killer e degli studenti che stavano manifestando.

«Basta!» ha sbraitato qualcuno.

Il coro si è interrotto.

Si sono voltati tutti verso il custode, sorpresi. Non mi aspettavo che lo zio John avesse quel vocione. Era in piedi con un vassoio in mano che guardava in cagnesco gli studenti. «Che cosa ci fate qui?»

«Abbiamo letto sul giornale che Leila e Marnus stanno cercando di salvare un albero» ha risposto Killer. «Vogliamo aiutarli.» Lo guardava dritto negli occhi. Aveva la voce calma, di una che però era anche pronta a litigare, se necessario.

Lo zio John si è fermato a pensarci su un momento. Poi ha scrutato tutti gli studenti, uno per uno.

«D'accordo» ha detto sospirando. «Non posso impedirvelo, credo. Ma voi non siete autorizzati a usare i bagni del circolo delle bocce. Non voglio guai. Solo Leila e Marnus hanno il permesso. E non prendetemi per il barista, non ho fatto il caffè per tutti.»

Senza dire una parola, io e la mamma di Leila abbiamo preso la nostra tazza. Leila è scesa giù e facendo attenzione le ho passato la sua.

«*L'albero non si tocca! L'albero non si tocca!*» Gli studenti hanno ripreso il coro.

Lo zio John mi ha dato un quotidiano piegato in due. «Dovresti leggerlo.»

Mi sono scolato il caffè, sono salito sull'albero e mi sono seduto vicino a Leila che era già tornata su. Quando ho aperto il giornale mi si è stretta la gola. In prima pagina, appena sotto l'articolo di apertura, c'era una foto di me e Leila sull'albero. Era scattata dal basso, con i nostri piedi a penzoloni che occupavano quasi tutta l'immagine. Il titolo era: *Due amici in bilico per un albero.*

Ho lanciato un'occhiata a Leila. Eravamo amici? Prima che venisse a suonare il campanello di casa mia due giorni prima, non l'avevo mai nemmeno vista, anche se vivevamo solo a un paio di strade di distanza. A dire il vero, anche adesso di lei sapevo ben poco.

«Bene, vado a farmi una doccia» ha detto la mamma di Leila. Ha lanciato un'occhiata al gruppo di studenti e poi ci ha guardati, preoccupata. «Siete tranquilli, voi due?»

«Sì, signora» ho risposto.

Leila ha annuito e basta.

Il custode le ha fatto segno, con il pollice alzato, di non preoccuparsi.

Chissà perché Leila non parlava con sua madre. Se l'avessi conosciuta meglio, non mi sarei fatto problemi e le avrei domandato: «Che cosa c'è che non va tra te e tua mamma?» come quando lei aveva chiesto a Mrs Merriman: «Perché il rosa?». Ma ero troppo timido.

Dopo un po', Killer e gli altri studenti devono essersi resi conto che non serviva gridare «*L'albero non si tocca!*» e «*Fermiamo i fascisti!*» quando in giro di fascisti non se ne vedeva neanche uno. Perciò si sono spostati un po' più in là e si sono seduti al sole, a fumare.

Quando ormai il custode se n'era andato con le tazze vuote, sono arrivati due pick-up del Comune e un piccolo camioncino. Si sono fermati vicino all'acacia che era stata abbattuta.

Da uno dei pick-up è sceso Faccione Rosso. Con le mani sui fianchi, ha esaminato l'albero tagliato. La rugiada luccicava sulle foglie ormai smorte e avvizzite. Gli operai con la tuta blu si sono avventati sulla pianta.

«In prima pagina, eh?» ci ha gridato Faccione Rosso. «Guardate che un articolo sul giornale non salverà il vostro albero! Ieri gli ingegneri hanno guardato il progetto. I tubi devono passare di qui. Non ci sono alternative.»

Era chiaro che, dal punto in cui si trovava, Faccione Rosso non aveva visto gli studenti. Così ci è quasi rimasto secco quando si è trovato circondato da Killer e dagli altri.

Sventolavano i loro cartelli e scandivano tutti assieme: «*L'albero non si tocca! Fermiamo i fascisti!*».

Faccione Rosso agitava il dito verso di loro, ma tra i cori e il rumore che facevano gli operai con la sega elettrica non si sentiva niente di quello che diceva.

Ho guardato Leila. Era difficile indovinare che cosa stesse pensando. Mi aspettavo che si godesse la scena con un sorriso soddisfatto, invece aveva una piccola piega tra le sopracciglia. Si capiva che non si era nemmeno avvicinata a una spazzola negli ultimi due giorni. La coda arruffata le cadeva floscia sulla schiena.

Come avrei voluto toccarla.

È bastato quello stupido pensiero a infiammarmi la faccia. In quel momento ero di sicuro la versione tredicenne di Faccione Rosso.

Per il resto della mattina, gli operai del comune sono stati occupati a fare a pezzi l'acacia con la sega elettrica e a caricarli sul furgoncino. Non sembravano particolarmente turbati dagli studenti che agitavano i cartelli, urlavano i loro slogan e cantavano canzoni di protesta.

Una ragazza ha recitato una poesia che si è inventata sul momento. O almeno, secondo me se l'era inventata, perché mi sembrava impossibile che qualcuno imparasse a memoria una poesia così lunga. Parlava di un albero che sanguinava e di un pianeta che soffocava, di donne e bambini innocenti che soffrivano per colpa della guerra e della violenza. A dire la verità, non ci ho capito molto, ma alla fine tutti hanno applaudito.

Le auto rallentavano per guardare la scena, e di tanto in tanto qualche curioso si avvicinava per sbirciare meglio. Qualcuno ha anche attaccato bottone con me e Leila. Dicevano cose tipo: «Ah! Vi ho visti sul giornale!».

«Dove sono i vostri genitori? Come gli è venuto in mente di darvi il permesso di salire lassù?»

«Non è durissimo quel ramo?»

«È stupendo che qualcuno si batta per il bene del nostro pianeta.»

Verso le undici, è comparso Junior du Toit. Aveva indosso gli stessi pantaloni stretti verde brillante del giorno prima e le stesse scarpe da ginnastica bianche e nere. Ha cominciato fotografando gli studenti e gli operai del Comune, poi si è piazzato sotto l'albero.

«Avete letto l'articolo?» ci ha chiesto allungandoci il giornale.

Ho annuito.

«Spero che vi sa piaciuto.» Ci ha sorriso sotto la barba e ha indicato gli studenti. «A quanto pare avete attirato l'attenzione. Domani uscirà un altro mio pezzo con gli sviluppi di questa storia. Dite un po', come state stamattina?»

Ho aspettato che Leila rispondesse qualcosa, invece lei ha continuato a guardare dritto davanti a sé.

«Be'… mi fa un po' male il sedere» gli ho risposto.

Mi sono subito sentito uno scemo. Donovan e Adrian si sarebbero spaccati dalle risate a leggere una cosa del genere.

«Ma... ehm... è per una buona causa» ho aggiunto. «Non perdiamo le speranze. Resteremo qui finché l'albero non sarà salvo.»

Ecco, *questa* sì che era una dichiarazione adatta a un articolo!

Junior mi ha fatto qualche altra domanda. Ho cercato di dare risposte intelligenti. Quanto avrei voluto leggere i suoi appunti.

Alla fine, sembrava soddisfatto. Ci ha fatto altre foto e poi si è incamminato.

Appena si è allontanato, ho lanciato a Leila un'occhiataccia.

«Perché te ne sei rimasta lì così e hai fatto parlare solo me?»

Si è limitata a scrollare le spalle. Intorno agli occhi le erano comparsi due cerchi scuri. Aveva dormito molto meno di me le ultime due notti.

All'improvviso mi è venuto un dubbio.

«Leila, non è che ti sei stufata di questa storia dell'albero?» le ho chiesto. «Cioè, se vuoi tornare a casa basta dirlo. Adesso qui ci sono gli studenti, è uscita la notizia sul giornale e tutto…»

Senza dire una parola, Leila ha preso lo strofinaccio che aveva usato il giorno prima per asciugarsi le lacrime e me l'ha ridato.

«Se vuoi andare, sei libero» ha detto piano. «Nessuno ti obbliga a stare qui.»

«Non volevo dire questo!» mi sono difeso. «Era solo per chiedere, perché magari io sto qui sull'albero pensando di far piacere a te, e tu stai qui sull'albero pensando di far piacere a me. Che sarebbe veramente da scemi.»

Leila mi ha fissato. Gli sguardi penetranti le riuscivano benissimo.

"Chissà" ho pensato, "forse diventerà un avvocato come mamma." Mia madre diceva sempre che un'occhiata ben piazzata in tribunale vale più di un'arringa.

Ho distolto lo sguardo. Non avevo voglia di affrontare l'arringa negli occhi di Leila.

12
La lite

Era tardo pomeriggio, ormai Killer e gli altri si erano stancati di gridare e di agitare i cartelli. I pick-up del Comune e il furgoncino se n'erano andati già da un'ora, portandosi via l'acacia fatta a pezzi.

Gli studenti si erano messi comodi un po' più in là, sotto un eucalipto. Grazie a Leila, stavo diventando una specie di esperto in fatto di alberi.

Dalla nostra postazione, li abbiamo visti che accendevano un fuoco, poi si sono seduti tutt'attorno a ridere e chiacchierare. Il tipo con i dread rossi e una bionda dai lunghi capelli erano chiaramente innamorati pazzi. Seduti sul prato, si baciavano come se si fossero del tutto dimenticati di essere in mezzo ad altra gente. Chissà se era così che Donovan baciava le ragazze nella *lapa*. Mi aveva minacciato di una morte atroce se solo avessi osato avvicinarmi mentre stava dando lezione.

Ho lanciato un'occhiata furtiva a Leila. Se ne stava lì con uno strano sorrisetto a guardare i due piccioncini ancora avvinghiati.

Donovan aveva due anni scarsi più di me ma era un esperto di baci. Io, invece, non avevo mai baciato davvero una ragazza. Vabbè, a parte quella volta in cui, al compleanno di Rohan, sua cugina mi aveva baciato mentre eravamo nascosti nell'armadio. Però era stato un bacio a stampo velocissimo, e comunque dopo avevo scoperto che ne aveva dato uno a quasi tutti quelli che erano alla festa. Io invece intendevo un bacio vero, di quelli che sbavano il rossetto, che spettinano i capelli e che fanno avvampare le guance alle ragazze.

Quando ormai stava calando la luce, qualcuno ha parcheggiato sotto l'eucalipto un furgoncino Volkswagen. Ne sono usciti altri studenti. Hanno salutato con grande entusiasmo il gruppetto di Killer e poi si sono messi a scaricare le borse frigo.

«Lo sapete che non mangio carne» si è lamentata la ragazza che aveva recitato la poesia. «Non ci credo che siete così barbari. Come fate a mangiare qualcosa che prima aveva una faccia?» Sembrava molto infastidita. Ho sperato con tutto il cuore che non avesse una poesia anche su quell'argomento.

Poi qualcuno ha detto qualcosa e tutti hanno riso.

Grazie a Mrs Merriman, a pranzo ci eravamo

sbafati rosbif, patate al forno, fagioli e zucca. Era passata nel primo pomeriggio con il cestino da picnic carico di piatti colmi fino all'orlo. «I giovani hanno bisogno di buon cibo sano e casereccio» aveva detto guardando con disapprovazione le confezioni vuote dei pasti precotti che ci aveva portato mio papà.

Non aveva commentato granché la presenza degli studenti. Mentre noi mangiavamo, li guardava in silenzio e basta. Forse stava pensando a suo figlio?

Anche mio papà non aveva avuto molto da dire quando era passato; ci osservava abbarbicati sull'albero scuotendo la testa come faceva durante le partite di rugby in cui l'arbitro prendeva solo cantonate.

A parte questo, Mrs Merriman ci aveva informati che la cagna e i suoi cuccioli stavano bene. Milly le sembrava un nome molto carino e aveva promesso di dire a quelli del rifugio di chiamarla così. Avrebbero fatto il possibile per trovare una bella casa a tutti e tre.

Quando si è fatto buio, la mamma di Leila ha acceso una piccola lanterna che funzionava a batteria. Chissà se era andata a comprarla apposta, visto che la notte prima il vento aveva spento le candele.

Gli studenti ridevano e chiacchieravano a voce sempre più alta. Seduti in cerchio alla luce calda del fuoco, quasi tutti con una bottiglia in mano. Che strane, nell'oscurità, la luce bianca della nostra torcia e quella arancione e gialla del loro fuoco.

«Qui tutto bene, voi tre?» ha chiesto una voce. Gli anelli al naso di Killer scintillavano illuminati dalla lanterna.

«Sì, tutto bene, grazie» ha risposto la mamma di Leila. Aveva una voce strana, un pochino agitata.

Killer ha guardato il ramo su cui io e Leila eravamo seduti, al buio. «Scusate il baccano» ha aggiunto, «per i ragazzi ogni scusa è buona per fare festa.»

Leila e sua mamma non hanno detto niente. Sapevo che era proprio perché non volevano. Lo facevano spesso.

Sono rimasto zitto anch'io, ma solo perché non mi veniva in mente nulla.

«Penso davvero che siate molto coraggiosi» ha proseguito.

Mi dispiaceva che nessuno le rispondesse.

«Ehm... Tu sei stata molto coraggiosa a farti i buchi al naso» ho detto. «Chissà che male.» Era sicuramente una cosa stupida, però meglio di niente.

Si è messa a ridere. «Ha fatto più male ai miei genitori che a me.»

Non capivo bene che cosa intendesse, così non sono riuscito ad andare avanti.

È rimasta con noi ancora un po', poi è tornata al falò.

Leila è scesa dall'albero ed è andata a sedersi vicino a sua mamma. Non hanno aperto bocca.

Mi annoiavo, quindi ho preso la PlayStation e ci ho giocato un po' tenendo il volume più alto del necessario. Non sapevo che cosa mi innervosiva di più: se il rumore degli studenti o il silenzio ai piedi dell'albero.

La batteria della PlayStation si è scaricata, ma nel frattempo uno studente si era procurato una chitarra. Seduti in cerchio attorno al fuoco, cantavano canzoni che non conoscevo.

Una ragazza ha portato a Leila e a sua mamma due piattini di carta con una salsiccia e uno spiedino di verdure. Leila mi ha ceduto il suo.

Ho dato un paio di morsi. Lo spiedino era carbonizzato e la salsiccia dentro era ancora cruda. Se ci fosse stata Milly, gliel'avrei data volentieri.

Chissà che albero è stato tagliato per permettere agli studenti di accendere il fuoco, mi sono chiesto all'improvviso. Ci avranno pensato? Era abbastanza deprimente.

Leila si è arrampicata su ed è tornata a sedersi vicino a me. «Puoi scendere a dormire, se vuoi» mi ha detto.

«Non ho ancora sonno, a dire il vero.»

Ho guardato giù. La mamma di Leila si era stesa su un piumone e ci dava le spalle. Non ero sicuro che stesse dormendo.

«Come mai hai deciso di chiamare quel cane Milly?» le ho chiesto.

«Il mio primo cane si chiamava così» mi ha risposto. «Mio... ehm... Me l'avevano regalato da piccolissima. Quando aveva dieci anni una macchina l'ha investita. Non ho mai più voluto un altro cane.»

«Anche noi abbiamo un cane» le ho detto. «Mr Bones. È un vero bastardino. Ed è un po' di tutti. Io e i miei fratelli litighiamo per chi deve raccogliere la cacca dal prato.»

È scoppiata a ridere.

Che strano: ogni volta che Leila rideva, veniva da sorridere anche a me. Secondo me non rideva abbastanza.

A poco a poco le voci degli studenti si sono smorzate ed è calato il silenzio. Hanno messo via la chitarra ed è rimasto solo il tenue bagliore del falò.

Poi due hanno cominciato a litigare.

Sentivo solo a pezzi, ma avevo riconosciuto le voci. Erano il tipo con i dread rossi e la sua ragazza. Chiaramente si erano dimenticati dei baci appassionati di prima.

«... detto che venivi in vacanza con me...»

«... promesso ai miei...»

«... te ne frega niente di me...»

«... che non è per niente vero... così infantile certe volte...»

Nel buio della notte, alzavano sempre di più la voce.

«Sei proprio come mio padre!» ha gridato lei, poi è scoppiata a piangere.

Ho sentito la mano di Leila che si spostava piano piano sulla mia, come un animaletto caldo e spaventato. Non me l'aspettavo. Mi ronzavano le orecchie.

Il ragazzo ha urlato qualcosa alla ragazza.

All'improvviso un potente fascio di luce li ha illuminati.

«Adesso basta!» Al custode non era servito alzare la voce per riportare il silenzio assoluto. «Non vi vergognate? Una scena del genere davanti a due ragazzini! C'è qualcuno abbastanza sobrio da guidare questo furgoncino? Spero proprio di sì, perché se domani mattina siete ancora qui, sono guai.»

«Oh, zio, chi l'ha detto che qui comandi tu?» gli ha chiesto il tipo con i dread.

«Zitto tu.» La voce secca di Killer è risuonata nel buio.

Il ragazzo non ha ribattuto.

«Spegnete quel fuoco» ha continuato il custode. «È proibito accendere falò nel parco, non lo avete visto il cartello? A che cosa serve manifestare per salvare gli alberi, se poi rischiate di dare fuoco a tutto?»

Regnava un silenzio colpevole, come dopo la sfuriata di un prof nel casino di una classe.

Il fascio di luce si è spostato sull'albero.

Mi vergognavo e ho sfilato via la mano da sotto quella di Leila. Ho strizzato gli occhi perché la torcia mi accecava.

«Tutto bene?» ha domandato il custode.

«Sì, grazie mille» ha risposto Leila. Dalla voce sembrava molto sollevata.

La mamma di Leila si è stretta tra le braccia come se avesse freddo. «Sarebbe bello poter andare a casa» ha detto. Sembrava che parlasse tra sé e sé.

Il custode ha abbassato la torcia e si è avvicinato fino ai piedi dell'albero. Aveva la voce stanca. «So che non sono fatti miei, ma non potete restare per sempre in cima a un albero. Nemmeno se è un buon albero come questo.»

Non ero certo di che cosa significasse, però avevo capito che non stava parlando con me. Ero quasi sicuro che stesse cercando di dire qualcosa a Leila.

Appoggiandosi con la schiena al tronco, la torcia ha disegnato un cerchio davanti ai suoi piedi.

«Vi ho raccontato di mio fratello, che si era steso davanti ai bulldozer quando avevano cominciato a demolire il Sesto distretto» ha cominciato a dire. «Era coraggioso. E io ero molto fiero di lui. Ma da quella volta la sua rabbia non fece che crescere. Era arrabbiato con il governo. Con i bianchi. Con mia madre e con le altre persone che non avevano reagito. Era arrabbiato perché doveva trasferirsi in una casa diversa e in una nuova scuola.

«Cercai di parlargli, ma la rabbia lo rendeva sordo. Lasciò la scuola e si unì alla lotta contro l'apartheid» ha sospirato, «e perse. Morì in cella.

A quei tempi era così che andavano le cose. Battersi per qualcosa va bene, ma bisogna anche sapere quando è il momento di fermarsi, altrimenti la lotta diventa più grande di ciò contro cui stai combattendo.»

È calato un silenzio di tomba. Chissà se anche gli studenti avevano sentito la storia del custode.

Senza aggiungere altro, si è tirato su e si è incamminato nella notte, con la luce della torcia che lo precedeva sobbalzando.

Il suo racconto mi ha risuonato a lungo nelle orecchie, come il rumore della sega elettrica dopo che gli operai l'avevano finalmente spenta.

Sapevo che ce l'aveva raccontata per un motivo, ma avevo il cervello troppo stanco per venirne a capo.

Sentivo gli studenti parlottare sottovoce al buio, come se anche loro stessero cercando di capire ciò che era appena successo.

Avrei tanto voluto che Leila dicesse qualcosa.

13

Il cuore di un albero

Nel bel mezzo della notte, sono stato svegliato da un fruscio. Ho aperto gli occhi e drizzato le orecchie, però non mi sono mosso né tirato su. Nel parco regnava il silenzio assoluto.

Illuminata dalla tenue luce della luna, ho visto Leila che scendeva dall'albero. Magari doveva andare in bagno. Mi sarei dovuto offrire di accompagnarla, ma ho deciso di aspettare un attimo. Quando ha toccato con i piedi per terra, ha guardato verso di me. Non mi sono mosso.

Quell'anno con la mia classe avevamo passato una notte allo zoo. C'erano delle luci rosse speciali che illuminavano le gabbie degli animali notturni, in modo che potessimo guardarli mentre andavano di qua e di là. Leila al buio si muoveva agile e delicata come un felino. Zitta zitta, si è avvicinata a sua mamma. Con delicatezza, ha afferrato un angolo della coperta e gliel'ha rimboccata mentre lei si agitava un po' nel sonno. Poi le si è accovacciata accanto. Era difficile vedere esattamente che cosa stesse facendo, ma mi è sembrato che fosse semplicemente seduta lì, a guardarla. È rimasta per un pezzo così, poi ha sollevato una mano e le ha accarezzato i capelli. Quindi si è alzata.

«Marnus» ha bisbigliato, «vieni.»

Ci sono rimasto di sasso: come faceva a sapere che ero sveglio?

Senza dire una parola, sono risalito sull'albero assieme a lei.

Si vede che il mio sedere ormai si era abituato a stare scomodo, perché ho subito ritrovato la mia solita posizione sul ramo.

Quando ci siamo sistemati tutti e due, Leila ha acceso la torcia. Quel pomeriggio sua mamma ne aveva presa una da casa, però non mi ero accorto che Leila l'avesse portata su.

Ho fatto un bel respiro e, prima di perdere lo slancio, le ho chiesto una cosa che mi ronzava in testa da tre giorni. Era la domanda più scontata che si possa fare a una persona con cui hai trascorso tre notti di seguito su un albero, ma fino a quel momento mi era mancato il coraggio.

«Leila» le ho detto sottovoce, «perché stai facendo tutto questo? Cioè, qual è il motivo vero?»

«Eh?»

«Lo sai che cosa intendo.» Sapevo che stava facendo la finta tonta. «L'albero… Perché proprio questo qui? Perché non l'acacia o uno degli eucalipti o la *celtis*?»

«Te l'ho già detto, il perché» ha detto Leila.

«Perché è quello su cui hai imparato ad arrampicarti?» le ho chiesto. «Perché per te è l'albero al centro del mondo?»

Leila si è appoggiata al tronco con la schiena.

«Sei naufragato su un'isola deserta e con te hai solo tre oggetti» ha detto ignorando la mia domanda. Le riusciva piuttosto bene. «Uno strofinaccio da cucina, una torcia e un pacchetto di uvetta. Che cosa te ne fai?»

Ho sentito il rumore di una bustina di plastica, poi Leila mi ha passato una confezione di uvetta.

Ne ho presa una manciata. «Secondo te i cannibali mangiano l'uvetta?» le ho chiesto.

«Forse» mi ha risposto. «Se riesci a convincerli che sono occhi rinsecchiti o roba del genere.»

Ho riso.

Quando ha ricominciato a parlare, la sua voce era quasi un soffio. «È stato mio padre a inventarsi il gioco dell'isola deserta. Serve a non annoiarsi quando devi fare un lungo viaggio. Sulla mia isola c'erano sempre i cannibali e tutte le volte usavo le mie tre cose per diventare la loro principessa. Quando era il turno di mia mamma, come per magia ogni volta saltava fuori George Clooney a salvarla e lei usava le sue tre cose per rendergli la vita sull'isola il più divertente possibile. Mio papà faceva finta di essere gelosissimo. Lui usava le sue tre cose per inventarsi strani piani super intelligenti per tornare a casa.»

«Tuo… papà?» ho domandato con cautela.

«Mi ha insegnato lui ad arrampicarmi sugli alberi» ha detto. «Diceva sempre che ci scorre sangue di scimmia nelle vene. Di sera, prima di andare a letto, certe volte venivamo qui a giocare, ci arrampicavamo fino in cima, mi faceva vedere dov'erano le stelle e mi raccontava storie di principesse cannibali, dragoni, sirene, ragazzine selvagge con sangue di scimmia e alberi che parlano e camminano.»

Non le ho chiesto più niente, perché sembrava stesse parlando tra sé e sé.

«La vuoi vedere una cosa?» mi ha domandato.

Ho fatto di sì con la testa, quasi sorpreso che si ricordasse che ero ancora lì.

Mi ha passato la torcia. Poi è salita in piedi sul ramo.

«Attenta!» Se fosse scivolata si sarebbe rotta l'osso del collo.

«Illumina qui» mi ha detto, e ha scostato un altro ramo.

Ho vagato con la luce finché non ho trovato il punto che mi stava indicando. Non mi aspettavo di vedere un'incisione nella corteccia, tagli marrone-rossicci nel tronco scuro. Facendo molta attenzione, mi sono alzato anch'io per vedere meglio.

Era un cuore.

Sembrava inciso con un coltellino svizzero. I tagli nel legno sembravano essersi rimarginati da tanto tempo. Dentro c'era scritto qualcosa.

W + M

«Questo è diventato l'albero su cui mi arrampico soltanto dopo» ha detto Leila. «Prima era l'albero di mia mamma e mio papà. Questo cuore l'ha inciso lui per lei.»

«Leila?» ha chiesto una voce assonnata sotto di noi.

Mi sono preso uno spavento che quasi perdevo l'equilibrio.

«Tutto ok?»

«Sì, sì, signora, tutto ok» ho risposto con voce tremante.

Preso dal panico ho pensato: "E se la mamma di Leila pensasse che siamo impegnati con... cioè... le lezioni di bacio?".

Mi sono riseduto sul ramo.

Leila ha spento la torcia. Gli occhi ci hanno messo un po' a riabituarsi al buio. Sopra di noi le stelle facevano capolino qua e là tra le foglie.

«Papà ha lasciato mia mamma» ha detto Leila con un filo di voce. «Per un'altra.»

14

I ragazzini sull'albero

All'alba del giorno dopo, quasi tutti gli studenti se n'erano andati e con loro anche il furgoncino Volkswagen. Restava solo una macchia grigiognola nel punto in cui avevano acceso il fuoco la sera prima e tre sacchi a pelo color verde militare stesi sul prato come bruchi. I tre superstiti erano rintanati così bene al loro interno che non riuscivo a capire chi fossero. I cartelli che avevano sventolato il giorno prima erano appoggiati contro l'eucalipto.

Mi sono stiracchiato le gambe e ho guardato

Leila e sua mamma distese ai piedi dell'albero, ancora immerse in un sonno profondo.

La conversazione che avevamo avuto io e Leila la sera prima mi sembrava un sogno ma, quando ho alzato lo sguardo, ho intravisto tra le foglie spesse la punta del cuore incisa sul tronco.

Ho pensato a mamma e papà. Non la finivano mai di litigare. Ho provato a fare un elenco mentale delle dieci cose sulle quali avevano discusso nell'ultima settimana o giù di lì:

1. La nuova insegna che papà voleva mettere fuori dal negozio. (Mamma: «Costa un occhio della testa. Mi sembra che le tue finanze siano messe già abbastanza male».)

2. Il fatto che le finanze del negozio fossero messe già abbastanza male. (Papà: «È colpa dell'insegna che è troppo piccola. La gente ci passa davanti e non la vede neanche».)

3. Il motorino del cancello elettrico di casa che era schiattato.

4. Le lattine di birra vuote davanti alla tv.

5. La pagella di Donovan.

6. Il fatto che papà avesse preso in presto dei soldi da Adrian per comprare la pizza.

7. Un tacchino. (Mamma: «Benissimo, se vuoi mangiare il tacchino a Natale fai pure, comprane uno e inizia anche a farcirtelo perché io di certo non mi ci metto. Ovviamente nessuno in questa casa ha la minima considerazione per il fatto che sono alle prese con un Processo Importantissimo».)

8. Il fatto che la mamma fosse alle prese con un Processo Importantissimo.

9. Chi fosse il giornalista più bravo a condurre il telegiornale.

Stavo cercando di farmi venire in mente una decima cosa, quando ho visto il custode arrivare dal circolo delle bocce.

Proprio come le due mattine precedenti, portava

un vassoio con le tazze di caffè. E proprio come il giorno prima, sotto un braccio stringeva il giornale.

Forse è stato il profumo di caffè a svegliare Leila e sua mamma, sta di fatto che quando lo zio John ha appoggiato il vassoio sotto l'albero erano entrambe in piedi.

«'Giorno» ha detto il custode. Aveva la voce fresca e allegra, come sei si fosse dimenticato della storia tremenda su suo fratello che ci aveva raccontato la sera prima. «Ho portato un caffè anche a voi tre!» ha gridato agli studenti addormentati.

I bruchi sacco a pelo hanno cominciato a muoversi. Prima è spuntata fuori la testa di Killer, poi si sono tirate su altre due ragazze. Una era quella che aveva litigato con il tipo con i dread rossi. Dopo essersi trascinate fuori dai sacchi a pelo, ci hanno raggiunti e, soffocando uno sbadiglio dopo l'altro, hanno accettato il caffè con grande riconoscenza.

«Veramente io bevo solo caffè biologico...» ha detto una di loro al custode, ma poi, con sguardo preoccupato, si è sbrigata ad aggiungere: «Ma questo ha un profumo delizioso».

Sono sceso dall'albero tutto incriccato.

Il fumo di sette tazze di caffè aleggiava nell'aria fresca del mattino.

«Scusate per ieri sera» ha detto Killer.

Non mi era chiaro con chi si stesse scusando di preciso.

«Come ti chiami veramente?» le ha chiesto Leila di colpo, alla sua solita maniera.

La studentessa si è quasi strozzata col caffè, poi l'ha guardata con gli occhi sbarrati. «Chi l'ha detto che Killer non è il mio vero nome?»

Leila non sembrava turbata. «Sei stata neonata anche tu. Chi chiamerebbe una bambina appena nata Killer?»

Gli anelli che aveva al naso scintillavano al sole. Ha guardato la cima dell'albero, come se si fosse dimenticata il suo vero nome e sperasse di trovarlo inciso da qualche parte sul tronco. «Mi chiamo Joy» ha detto, «Joy Meintjies. E hai ragione. Mia madre e mio padre sono due insegnanti: non avrebbero mai chiamato la loro piccolina Killer.»

Ho guardato Killer. O Joy. Non riuscivo a decidere quale nome le stesse meglio. Si vedeva che stava facendo di tutto per sembrare Killer, un'assassina, ma a me sembrava che potesse benissimo essere anche Joy, la gioia.

«Ma le bambine crescono» ha detto Killer. E anche questa volta non capivo a chi si stesse rivolgendo di preciso. «E forse certe volte diventano diverse da come tutti speravano.»

«Hai davvero ucciso qualcuno?» ha chiesto Leila.

«Leila!» l'ha rimproverata sua mamma.

Killer è scoppiata a ridere. «Non ancora» ha risposto alzando un sopracciglio per fare la minacciosa. «Ho ucciso solo il sogno dei miei. Sono il Killer di Joy, ecco chi sono! Avevano dei progetti su di me, e io gli ho rovinato la festa. In effetti dovrei chiamarmi proprio Killjoy.»

Il custode si è schiarito la voce. «Be', stavolta dispiace a me rovinare la festa, ma adesso devo tornare al lavoro. Ecco il giornale. Qualcosa mi dice che vi aspetta una lunga giornata.»

L'ha passato a Leila e ha raccolto tutte le tazze vuote.

Sono rimasto a bocca aperta quando ho visto la prima pagina. Il titolo principale era: *Per i ragazzini sull'albero sono arrivati i rinforzi*. Sotto c'era una foto degli studenti che manifestavano.

«Facebook e Twitter brulicano di commenti sui due giovanotti che stanno cercando di salvare un albero nel parco del loro quartiere» ho letto ad alta voce. «Ieri sera, la pagina Facebook aperta per sostenere i due militanti ecologisti aveva già più di 3000 iscritti. E, sempre grazie ai due bambini, il rifugio per animali ha messo in salvo una cagna randagia e i suoi cuccioli.»

Ho guardato Leila. È rimasta indifferente, e non capivo il perché.

15

Il meglio di Madre Natura

I primi ad arrivare, alle otto di quella mattina, sono stati un uomo e una donna con abiti vistosi e i lunghi capelli tenuti indietro da una fascia. Ci hanno fatto un cenno, tutti allegri, e si sono accomodati sul prato, poco lontano dalla coperta della mamma di Leila. Hanno guardato me e Leila sull'albero e ci hanno sorriso come se si aspettassero che cominciassimo un concerto da un momento all'altro.

A ruota è comparso un gruppo di cinque ciclisti con gli occhiali da sole e i polpacci abbronzati. Hanno appoggiato le bici all'eucalipto, accanto ai cartelli degli studenti, e sono rimasti lì a chiacchierare gesticolando verso di noi. Uno ha preso il telefono e ci ha fatto una foto.

«Oh no» ha mugugnato Leila.

Continuavano ad arrivare sempre più persone.

Chi portava a spasso il cane.

Mamme con i passeggini.

Gente che faceva jogging.

Un coro ha attaccato con *Joy to the World* e *Away in a Manger*. La direttrice portava un'insegna appesa al collo con scritto che raccoglievano soldi per il tour internazionale dell'anno successivo. Per terra, davanti a loro, c'era un contenitore in cui si poteva lasciare un'offerta.

Un uomo col cappello di Babbo Natale.

Il tizio di una radio.

Un carretto dei gelati.

Killer e le due studentesse hanno cominciato a distribuire in giro i loro cartelli.

Di lì a poco il coro ha interrotto i canti di Natale e ha iniziato con: «*L'albero non si tocca! L'albero non si tocca!*».

Sempre più monetine tintinnavano nel cesto delle offerte.

Una signora in rosa con due barboncini si è fatta largo a fatica tra la folla.

«Santo cielo! Sembra una festa della parrocchia!» ha sbottato Mrs Merriman. Era l'unica che aveva osato avvicinarsi a noi; tutti gli altri mantenevano educatamente le distanze. «Buongiorno, ragazzi» ci ha salutato con il fiato corto.

Si è sistemata con George e Trixibelle su una delle coperte vicino alla mamma di Leila.

«Ma guarda quanta gente! Marnus e Leila, state diventando famosi!»

Ha tirato fuori un contenitore dalla borsa e

l'ha aperto. Era pieno di muffin. Li ha offerti alla mamma di Leila, a Leila e anche a me.

«Milly e i cuccioli stanno benone, sapete?» ha detto Mrs Merriman. «Si direbbe che a Milly piaccia parecchio il suo nuovo nome. Dovreste trovarne uno anche per i cuccioli. Dopo l'articolo di stamattina, ci sarà un sacco di gente che chiamerà il rifugio per adottare Milly e i piccoli, per dare loro una bella casa.»

La folla attorno all'albero aumentava sempre di più. Alle dieci, sembrava che nel parco ci fosse un mercatino delle pulci.

Appena Leila si girava dall'altra parte, bagnavo i capelli con l'acqua della mia bottiglietta e cercavo di pettinarli un po', anche se non avevo uno specchio. Immagina di dover salire su un palco davanti a centosette persone senza esserti né pettinato né lavato i denti. Qualche minuto prima, Mrs Merriman aveva cercato di contare tutte le persone presenti e la cifra era quella: centosette.

L'albero assomigliava sempre più a un palcoscenico, con me e Leila nella parte dei protagonisti, anche se non avevamo la più pallida idea di cosa dire o fare.

A Leila stava venendo il panico da palcoscenico. Si mordeva il labbro inferiore e guardava fisso il ramo davanti a sé.

Prima di allora, nelle recite scolastiche avevo sempre fatto solo lo gnomo ballerino o il locandiere. Non mi avevano mai assegnato una parte importante. Per la prima volta capivo che cosa vuol dire avere tutti gli occhi puntati addosso.

Quando è arrivato Junior du Toit per scattarci altre fotografie, ho fatto un sorrisone e ho alzato il pugno in aria come facevano gli studenti che manifestavano. Ho pensato che poteva venire figo in foto.

Leila era come pietrificata sul ramo.

Alle undici è arrivato Donovan, assieme a una ragazza che non avevo mai visto prima. Era veramente bellissima. Aveva i capelli neri e gambe lunghe e abbronzate. Ci hanno messo un po' a farsi strada tra la folla e ad avvicinarsi all'albero. Ho visto che Donovan gesticolava puntando me e Leila.

La ragazza ci ha sorriso e ci ha salutati con la mano. Poi, indicando Donovan mi ha chiesto: «Lui è davvero tuo fratello?». Doveva urlare per farsi sentire sopra i canti e i cori degli studenti.

Ho fatto segno di sì.

La ragazza sembrava stupita, mi ha risposto con un bel sorriso e ha preso Donovan per mano. «Mi chiamo Melissa!» si è presentata.

L'ho salutata con la mano: «Ciao, Melissa!».

Si sono girati tutti verso mio fratello e la ragazza.

Donovan aveva un sorriso a trentadue denti, come se avesse appena vinto la lotteria. Sembrava proprio che per il resto delle vacanze avrebbe avuto una sola studentessa a lezione di baci.

«Devo andare in bagno» ho detto a Leila quando mio fratello e la sua ragazza se ne sono andati.

Ha risposto scrollando le spalle come per dire: "E allora? Vai. Non ti fermo mica".

Offeso, ho preso la roba per lavarmi e sono sceso dall'albero. Perché Leila era di umore così strano?

«Che succede?» ha gridato una voce preoccupata quando ho messo piede a terra.

Di colpo, gli studenti e il coro hanno smesso di cantare.

«Oh no, il ragazzino sta rinunciando?» ha chiesto una signora con in mano un sacchetto della spesa.

«Non c'è da preoccuparsi. Deve solo scendere dall'albero per… cambiare l'acqua!» ha risposto qualcun altro.

Una risatina si è propagata tra la folla.

Avevo le orecchie in fiamme. Ho camminato il più in fretta possibile diretto al campo da bocce.

Non era ancora arrivato neanche un giocatore. Mi sono intrufolato nel cancello. Del custode non c'era traccia.

Il bagno era fresco e un po' buio. Ho acceso la luce e mi sono chiuso la porta alle spalle. Da lì non sentivo più i canti provenienti dall'albero.

Dopo aver fatto quel che dovevo, mi sono guardato allo specchio sopra il lavandino. Avevo i capelli scompigliatissimi, proprio come sospettavo. Ho aperto il rubinetto e ho ficcato la testa sotto l'acqua corrente. Poi mi sono asciugato i capelli strofinandoli con un asciugamano bianco candido e con il pettine ho domato i ciuffi ribelli. Ho riappeso l'asciugamano bello in ordine e mi sono lavato i denti.

Avevo finito, ma sono rimasto un po' lì a ciondolare. Pensavo che forse era così che si sentiva un attore nell'intervallo tra un atto e l'altro, o una rock star prima di salire sul palco.

Ho richiuso la cerniera dell'astuccio con la

roba per lavarmi, ho dato un ultimo sguardo allo specchio e mi sono fatto un occhiolino.

Poi ho aperto la porta del bagno... e mi sono scontrato con un uomo che entrava di corsa.

«Marnus!» ha detto lui con tono preoccupato. «Stai bene?»

«Mi scusi» ho mormorato toccandomi il naso che pulsava. Hanno cominciato a lacrimarmi gli occhi.

Non so perché mi fossi scusato, visto che ero io quello che si era fatto male. Mi sono toccato di nuovo il naso con prudenza. Per fortuna non sembrava rotto e non usciva sangue.

«Sei proprio la persona che speravo di incontrare!» ha detto scherzoso, allungando una mano verso di me. «Sono Dimitri Giorgiou, piacere di conoscerti.»

Gli ho stretto la mano. Gli occhi mi lacrimavano ancora un pochino per la botta. L'uomo aveva i capelli neri e la barba corta, ma non quella inquietante da vagabondo che mio papà sfoggiava durante le vacanze perché si rifiutava di radersi: la sua era tipo quella dei modelli nelle pubblicità del dopobarba. Mi chiedevo se non avesse caldo con l'abito elegante, ma sembrava appena uscito da un ufficio con l'aria condizionata.

«Caldo, eh?» ha detto, come se mi leggesse nel pensiero. «Che ne dici di bere qualcosa di fresco?»

Mi ha cacciato in mano una lattina giallo canarino.

L'ho guardato stupito. Mia mamma ci aveva detto un milione di volte di non accettare regali dagli sconosciuti.

«Ehm… No, grazie» ho risposto.

«Eddài!» ha detto con un gran sorriso. «A chiunque verrebbe sete a passare tutto il giorno su un albero, no? Voglio solo dirti che tu e quella ragazza state facendo una cosa davvero straordinaria. L'ambiente di questi tempi è sulla bocca di tutti, ma le persone veramente disposte a fare qualcosa contro il riscaldamento globale, l'inquinamento e la deforestazione sono poche. Ecco perché mi piacerebbe farvi da sponsor.»

Sono rimasto perplesso. Dimitri Giorgiou parlava talmente veloce che mi faceva girare la testa.

«Da sponsor?» ho chiesto.

«Sì, esatto.» Poi, indicando la lattina: «Quella che hai in mano non è una bevanda normale, come tutte le altre. Prendiamo la lattina, per cominciare: è fatta al cento per cento di metallo riciclato. Impatto minimo sull'ambiente. Ma aprila e vedrai…».

Mi guardava speranzoso.

Ho aperto la lattina.

Lui continuava a fissarmi, perciò ho fatto un piccolo sorso, anche se a mia mamma sarebbe venuto un colpo.

«Di che cosa sa?» mi ha chiesto Dimitri.

Mentre decidevo se fosse maleducato rispon-

dergli che sapeva di liquore scadente annacqua-
to, si è risposto da solo.

«Sa di ciò che di meglio Madre Natura ha da
offrirci. È da qui che viene il nome: *Dono di natura*. Fa bene alla natura e fa bene a noi. Zero conservanti. Zero additivi o coloranti. Zero zuccheri
aggiunti.»

Avevo il sospetto che tutte le cose appena elen-
cate fossero proprio ciò che rende così buone le
bevande normali, però me lo sono tenuto per me.

«Ho una proposta da farti…» ha detto l'uomo.
«Una proposta che non puoi proprio rifiutare…»

16

Corri

«Ho delle buone notizie» ho detto a Leila con il fiato corto, una volta risalito sull'albero.

Per tornare dal campo di bocce fin lì avevo fatto una bella fatica. A quel punto c'era veramente tanta gente. Mi avevano anche fermato per parlare. Una ragazza mi aveva addirittura chiesto un autografo. Era pure carina. Chissà come sarebbe stato geloso Donovan se le avessi chiesto il numero.

Forse Leila non mi aveva sentito, con tutto il rumore delle chiacchiere e con i canti.

«Ho detto che ho delle buone notizie!» le ho ripetuto più forte.

Leila non ha battuto ciglio: guardava nel vuoto. Non aveva nemmeno notato la mia maglietta. Stavo per dirglielo di nuovo a voce ancora più alta, quando si è girata verso di me.

«È qui» mi ha detto. Sembrava avesse appena saputo che qualcuno stava arrivando con un bulldozer per abbattere l'albero, come era successo alla casa dei genitori di zio John nel Sesto distretto.

Non capivo. Ho aggrottato le sopracciglia. «Chi?»

Aveva ricominciato a fissare il vuoto davanti a sé.

Ero confuso e mi sono messo a guardare la gente nel parco. A occhio e croce ci saranno state duecento persone eppure, strano ma vero, il mio sguardo è stato attratto da un uomo con i capelli biondi. Stava in piedi in fondo alla folla. Era l'unico che non cantava, non chiacchierava e non gesticolava animatamente come gli altri. Aveva le spalle un po' curve, come chi sta portando un carico pesante, teneva le mani nelle tasche dei pantaloni a tre quarti e ci fissava. C'era qualcosa di familiare nel suo viso, nel suo sguardo intenso. Mi sono rigirato verso Leila.

«Quello è...» ho provato a chiederle.

Ma prima che potessi finire la frase, è arrivato Dimitri Giorgiou. Aveva sottobraccio uno striscione. L'ha srotolato e l'ha appeso con una corda attorno al tronco dell'albero.

«Mi scusi, lei! Cosa crede di fare?» l'ha apostrofato Mrs Merriman, infastidita.

George e Trixibelle ringhiavano.

«Da questo momento, *Dono di natura* è lo sponsor ufficiale dell'albero al centro del mondo!» ha annunciato Dimitri tutto fiero. «Aiuteremo i ragazzi a salvare quest'albero. *Dono di natura* è una bevanda rinfrescante, al cento per cento naturale, senza conservanti né...»

«Ma che diavolo sta dicendo?» mi ha chiesto Leila. «Come fa a sapere dell'albero al centro del mondo?»

L'aveva detto con voce calma, ma non ero sicuro che fosse un buon segno.

«È quello che cercavo di dirti prima!» le ho spiegato. «Abbiamo uno sponsor.»

Dava una grande soddisfazione dirlo ad alta voce. Mio padre sponsorizzava la divisa di Donovan e di tutta la prima squadra di rugby, e un produttore di costumi da bagno piuttosto conosciuto si era offerto di sponsorizzare Donovan ai campionati nazionali di nuoto dell'anno successivo. Nessuno si era mai offerto di sponsorizzare me.

In quel momento mi sentivo tutto tranne che invisibile.

«Dimitri, che sarebbe il tizio che sta appendendo lo striscione, stamperà a sue spese degli opuscoli, così la gente potrà fare pressione sul

Comune perché lascino stare l'albero e il parco» le ho risposto tutto d'un fiato. Le ho passato una maglietta gialla. «Ecco, questa è la tua maglietta. Dimitri ne darà una uguale a tutti quelli che sono al parco. Io...»

Leila mi ha dato uno schiaffo sulla mano. La maglietta è caduta come un canarino abbattuto. Aveva gli occhi di ghiaccio.

«Ma cosa fai?» le ho chiesto stupefatto. «Pensavo che... Ehi, ma dove vai?»

Stava scendendo dall'albero.

«Leila, torna su!»

Non è nemmeno scesa arrampicandosi, è saltata direttamente a terra.

Dimitri Giorgiou, colto di sorpresa, quando se l'è vista atterrare di fianco è indietreggiato. Le persone vicine si sono prese uno spavento e quelle più lontane hanno iniziato a spingere per cercare di vedere meglio che cosa stesse succedendo.

Leila ha cominciato a correre.

«Leila?» l'ha chiamata sua mamma. «Leila!»

Ma Leila non vedeva e non sentiva nessuno.

Si è buttata nella folla come una furia. Tra lo stupore generale, la gente ha formato un varco per farla passare. I capelli le sventolavano alle spalle.

Ha superato Killer e il coro.

Poi il carretto dei gelati.

Poi ha attraversato la strada. Una macchina ha inchiodato strombazzando e lasciando i segni della frenata sull'asfalto.

Poi ha continuato a correre finché non è sparita dalla mia vista.

Piano piano la gente ha cominciato inevitabilmente a voltarsi verso di me. Mi sentivo addosso gli sguardi di tutti.

Ho deglutito.

Era come se mi avesse appena investito un bulldozer.

Lentamente, ho cominciato a scendere.

Mi è scivolata una mano e mi sono sbucciato una gamba sulla corteccia. Un altro spavento per la gente sotto.

Ho stretto i denti e, quando ho messo piede a terra, ho fatto un bel respiro.

Ho guardato per un attimo Mrs Merriman e la mamma di Leila.

Mi sono sfilato di dosso la stupida maglietta gialla con il logo di *Dono di natura* e l'ho gettata via.

Con la testa a ciondoloni, mi sono avviato verso casa.

17

Tutto cambia, nulla cambia

«Oh, pigna, me lo prepari il caffè o vuoi una smutandata?»

Quando qualcuno si rivolge a te in questo modo, ci sono due cose che puoi fare.

Opzione uno: puoi mollare tutto all'istante e mettere su il caffè.

Opzione due: puoi fargli presente, in modo molto amichevole, che siccome sei molto preso a lavare i piatti visto che devi più o meno un anno di mance al tuo fratellino, il caffè può anche farselo da solo.

Donovan ha sgranato gli occhi quando ha sentito la mia risposta. Era chiaro che non si aspettava scegliessi l'opzione due.

«Che cos'hai detto?» ha sibilato.

Ho buttato coltelli e forchette nell'acqua schiumosa del lavandino. «Ho detto: "Fattelo da solo il tuo caffè del cavolo", a meno che non preferisca lavare tu i piatti.»

Donovan si è avvicinato con sguardo minaccioso, poi, a sorpresa, con un ghigno mi ha risposto: «Vuoi fare il duro, eh?». Mi ha dato un pugno su una spalla. Ma poi, chi l'avrebbe mai detto, ha preso il bollitore e ha messo a scaldare l'acqua per il caffè. «Non è che siccome l'anno prossimo vai alle superiori e sei stato qualche giorno arrampicato su un albero con la tua ragazza, adesso puoi fare quello che vuoi. Chiaro?»

«Non è la mia ragazza.»

Al pensiero di Leila mi si è stretta la gola.

La mattina prima a quella stessa ora tutto era diverso.

La mattina prima a quella stessa ora eravamo ancora seduti sull'albero.

Il custode ci aveva portato il caffè.

Gli studenti e il coro stavano cantando e agitando i loro cartelli.

La gente ci faceva le foto.

E io mi ero comportato da deficiente.

«Non si è ancora fatta viva?» mi ha chiesto Donovan.

Ho messo un piatto a scolare e l'ho guardato stupito. Non mi ricordavo che mio fratello si fosse mai rivolto a me come si fa con le persone normali. Di solito si limitava a minacciarmi e a prendermi in giro, cercando di attaccare briga.

«Eh no» gli ho risposto.

Ha sorriso. «Le ragazze sono strane. Devi farci l'abitudine.»

Si è specchiato nello sportello del forno e ha gonfiato i bicipiti. «Melissa non la smette più di parlare di riscaldamento globale, di boschi distrutti e roba così. Dice che tu e quella tipa, Leila, siete stati coraggiosissimi. Vi chiama tipo *ego-warrior*.»

«*Eco-warrior*» l'ho corretto.

«Eh?»

«Lascia perdere» gli ho risposto scuotendo la testa.

Lui ha alzato gli occhi al cielo. «Vabbè, oh. Per me comunque è una scemata stare seduti su un albero per così tanto tempo.» È rimasto zitto per un secondo, poi si è messo a giocare con i contenitori del sale e del pepe... li stava facendo baciare?! «Ho detto a papà che l'anno prossimo non voglio più giocare a rugby» ha aggiunto senza alzare lo sguardo.

Per poco non mi è caduto il piatto di mano. «Che cosa?!»

Donovan ha alzato le spalle. «Gli ho detto che voglio concentrarmi sul nuoto.»

«E lui che cosa ti ha risposto?»

Donovan non era ancora nemmeno nato, che papà gli aveva già comprato il primo pallone da rugby. Se capitava che la squadra giocasse negli orari di apertura del negozio, papà chiudeva apposta. Mai e poi mai si sarebbe perso una partita.

«Diciamo che non ha fatto i salti di gioia» ha risposto Donovan secco, poi si è messo comodo su una sedia della cucina e ha appoggiato i piedi nudi sul tavolo. «Ma secondo me era distratto dal casino che hai combinato tu. Ci metterà un po' a rendersene conto davvero.»

Magari anche papà si sentiva come mi sentivo io, che non avevo ancora realizzato bene che cosa fosse successo nei giorni precedenti. Sfido io ad avere una reazione diversa, se una mattina una ragazza suona alla porta, tu vai ad aprire e, senza nemmeno accorgertene, un attimo dopo ti ritrovi su un albero con lei e poi insieme incontrate un sacco di gente strana e di colpo finite sulla prima pagina del giornale.

Ieri pomeriggio, quando sono tornato a casa, sono crollato sul letto e mi sono addormentato praticamente all'istante. Come se il mio cervello ne avesse avuto abbastanza e avesse deciso di spegnersi. Mi sono svegliato soltanto quando la mamma mi ha chiamato perché era pronto da mangiare.

Abbiamo cenato come se niente fosse. La mamma parlava del suo Processo Importantissimo. Il papà si lamentava delle vendite di Natale al negozio, che erano deprimenti, e del fatto che la gente preferisce stravaccarsi sul divano davanti al televisore invece di fare sport. Donovan non diceva niente, secondo me perché aveva in testa solo Melissa.

Adrian era l'unico che continuava a farmi domande sui miei tre giorni in cima all'albero. Ho risposto il meno possibile. Era deluso che non avessi chiesto soldi al tipo dei succhi di frutta.

Fuori, in giardino, la pompa della piscina faceva *ciag-ciag-ciag*.

Il frigorifero ronzava come un gatto che fa le fusa.

Dietro il cancello di casa, Mr Bones abbaiava alla moglie del reverendo che stava passando di lì con il suo pastore tedesco, come sempre a quell'ora del mattino.

Mi sentivo catapultato indietro nel tempo di tre giorni...

Mrs Merriman, che si vestiva di rosa e sentiva la mancanza di suo figlio perso chissà dove.

Milly, con i suoi cuccioli.

Il custode e la storia dei bulldozer.

I giocatori di bocce, che si allenavano a fare gli angeli.

Killer, che in realtà si chiamava Joy.

Gli articoli in prima pagina.

Il gioco dell'isola deserta.

Leila e l'albero al centro del mondo con le iniziali dei suoi genitori incise nel tronco.

Sembrava che fossero soltanto un sogno.

Sembrava che fosse cambiato qualcosa negli ultimi tre giorni.

Eppure, d'un tratto, mi sembrava anche che fosse rimasto tutto uguale a prima.

Ero talmente assorto nei miei pensieri che, quando l'acqua ha cominciato a bollire, per sbaglio ho preparato il caffè a Donovan, anche se ero riuscito a convincerlo, per la prima volta in vita mia, a farselo da solo.

18

Un albero invisibile

Più tardi, nel pomeriggio, sono tornato al parco.

«Dove vai?» mi ha chiesto Donovan, sospettoso, quando mi ha visto sgattaiolare fuori di casa. «La mamma mi ha detto di controllare che non ti venga qualche altra idea strana.»

Gli ho giurato che non volevo tornare a sedermi sull'albero.

Quando sono arrivato, il parco era deserto.

Se n'erano andati tutti. Killer e gli studenti.

Il coro. I ciclisti. La ragazza carina che mi aveva chiesto un autografo.

E l'albero.

Erano passati quelli del Comune. Faccione Rosso e Faccia da Ratto avevano finito il lavoro.

In un certo senso me lo aspettavo, ma è stato comunque scioccante vedere il ceppo del tronco che spuntava da terra.

Una volta, avevo sette o otto anni, ero nell'area giochi di un McDonald's e ho visto una donna a cui mancava un braccio, aveva solo un moncone. Doveva essersi accorta che la fissavo, perché si era avvicinata e mi aveva chiesto sorridendo: «Vuoi toccarlo?». Mi sono spaventato così tanto che ho cominciato a piangere come un matto e sono corso dai miei genitori. Ho avuto gli incubi per settimane.

La stessa cosa mi è successa con il tronco mozzato dell'albero: non riuscivo a smettere di guardarlo, ma toccarlo mi faceva troppa paura.

Sul prato c'erano delle foglie. Erano tutto ciò che ne rimaneva.

Non avevo più sette o otto anni.

Ne avevo tredici.

Stavo per cominciare le superiori.

Non piangevo più per tutto.

Però nel petto provavo un dolore così forte che mi sentivo soffocare. Ho stretto i denti e i pugni.

Che stupido. Non so perché mi venisse da piangere. Era un albero e basta. Ogni giorno venivano abbattute migliaia e migliaia di piante senza che nessuno versasse una lacrima.

«Un albero dovrebbe vivere per sempre» ha detto una voce alle mie spalle.

Mi sono asciugato subito gli occhi.

Il custode è spuntato dietro di me ma non l'ho guardato.

«Però a questo mondo niente dura all'infinito» ha aggiunto con voce gentile. «Quello che conta veramente è che tu e Leila avete attirato l'attenzione sull'albero. Al giorno d'oggi c'è n'è più bisogno che mai, di essere notati. Sono troppi gli alberi, gli animali e le persone invisibili, che magari sono spariti così e di cui nessuno si ricorda.» Mi ha appoggiato le mani sulle spalle. «Tu e Leila potete passare a bere un caffè da me quando volete.»

Poi si è voltato e si è incamminato verso il campo da bocce.

Ho fatto un bel respiro mentre guardavo il ceppo segato che spuntava fuori dal terreno. Ho pensato al prof Fourie che mi aveva detto che avevo una fervida immaginazione e ho pensato a quello che aveva appena detto il custode.

Potevo provare a immaginarmi che l'albero fosse solo diventato invisibile…

Davanti a miei occhi ha cominciato a disegnarsi un tronco bello spesso, che ripartiva dal ceppo. E cresceva e cresceva, sempre più in alto. Dal tronco partivano rami bassi e spessi, uno vicino all'altro: perfetti per una bambina che vuole imparare ad arrampicarsi. Il tronco svettava altissimo nel cielo, su su, sempre più su, roba da avere le vertigini solo a guardarlo. Si divideva in rami mano a mano più piccoli. La chioma era un'esplosione di foglie. Gli uccellini venivano a poggiarsi sui rami cinguettando e pigolando; il vento faceva frusciare le foglie; la corteccia ruvida si godeva il sole del pomeriggio. E da qualche parte, in un punto segreto protetto dalle foglie, ecco un cuore con due lettere incise dentro.

Mi è venuto da sorridere.

Alla fine dell'ultimo tema che avevo fatto per compito, il prof Fourie aveva commentato: «Continua a scrivere così! L'anno prossimo il tuo talento mi mancherà». Mi aveva dato nove.

Speravo che l'anno dopo avrei avuto l'opportunità di scrivere un tema su un albero come quello, sbucato all'improvviso da terra. Sarebbe stato un bel tema, me lo sentivo. Il custode aveva ragione: è fantastico essere notato, anche se è solo perché scrivi bene.

In quel momento mi è sembrato chiaro perché Mrs Merriman si tingeva i capelli di rosa, si vestiva tutta di rosa e girava di casa in casa a raccogliere donazioni per il rifugio per cani.

Perché Joy si era rasata i capelli, si era fatta due piercing al naso ed era diventata Killer.

E forse anche perché mamma passava così tanto tempo a lavorare al suo Processo Importantissimo; perché papà voleva un'insegna più grande fuori dal suo negozio; perché Adrian escogitava sistemi per fare soldi da quando era piccolo.

Era per farsi notare.

Ho sorriso. Non faceva una piega.

Vabbè, a parte Adrian, magari. Probabile che lui fosse semplicemente nato con quel chiodo fisso.

Non era divertente essere Marnus, il fratello di mezzo. Quello che non era un campione di nuoto, che non aveva orde di fidanzate e che non era allergico ai compiti. Quello che non sapeva leggere già a cinque anni e che non era sempre impegnato a escogitare piani per arricchirsi.

Ho pensato che finalmente avevo capito cosa mi aveva spinto a sedermi sull'albero con Leila.

E soprattutto, avevo capito perché Leila aveva cominciato a raccogliere firme per salvare l'albero.

Certe volte c'è bisogno di essere notati, anche soltanto da tuo papà.

«Marnus!»

Mi sono girato di scatto quando il custode ha urlato il mio nome. Si era fermato poco lontano e si era voltato dalla mia parte.

«Lo vuoi sapere un segreto?»

Ho fatto di sì con la testa.

«La prima sera, tua mamma è venuta da me al campo da bocce. Mi ha offerto dei soldi perché tenessi sempre un occhio su te e Leila. I soldi non li ho voluti, ma le ho promesso che mi sarei preso cura di voi. Si vedeva che era preoccupatissima per te.»

Non credevo alle mie orecchie. Ecco perché il custode era venuto tutte le sere a sedersi sotto l'albero con Leila, sua mamma e me. Ed ecco perché ci portava il caffè e si era arrabbiato tanto quando le cose avevano preso una brutta piega con gli studenti.

Ero contento.

Avevo una famiglia strana.

«Buon Natale, Marnus!» ha detto il custode. «Ah, stavo per dimenticarmi: Mrs Merriman vi manda i suoi saluti. Mi ha invitato a pranzo da lei il 25.» Poi si è girato e ha ripreso a camminare.

Sarà pure stato vecchio, il custode, ma era la mia fantasia o gli occhi gli brillavano come succedeva a Donovan quando parlava di Melissa?

«Buon Natale, zio John!» gli ho gridato.

19

Foglie verdi

Il numero nove di Begonia Street non era lontano dal parco. Per fortuna Junior du Toit aveva chiesto il cognome a Leila per scrivere l'articolo, altrimenti la sera prima non avrei potuto cercare il suo indirizzo sull'elenco telefonico.

La casa era quasi come me l'ero immaginata. Con un patio assolato e pieno di fiori viola. Di sicuro Leila conosceva il nome della pianta. Il prato aveva bisogno di una tagliata. Vicino all'ingresso, un gatto rosso stava acciambellato in una chiazza di sole e mi guardava pigramente con gli occhi mezzi chiusi mentre suonavo il citofono fuori dal cancello.

Ho aspettato un po', però non mi ha aperto nessuno. Deluso, ho fatto per andarmene, ma poi, con la coda dell'occhio, ho notato una tenda che si muoveva.

«Leila!» ho gridato.

All'inizio credevo che mi avrebbe ignorato, invece ho visto la porta d'ingresso aprirsi.

Leila è venuta al cancello. Aveva i calzoncini corti, una maglietta verde chiaro ed era a piedi nudi. Si era fatta la coda di cavallo.

«Ciao, Marnus» ha detto.

Mi aspettavo che fosse arrabbiata con me, ma dalla voce sembrava di no. Però ormai una cosa di Leila l'avevo imparata, anche se non la conoscevo da tanto: con lei non sapevi mai cosa aspettarti.

«Come facevi a sapere dove abito?»

Ho scrollato le spalle. «Mi avevi detto che era

vicino al parco e, avendo letto qualche giallo, ho messo insieme gli indizi.»

Mi ha sorriso.

Poi schiarendomi la voce: «Ehm… Immagino che l'hai visto… no? L'albero».

Ha annuito. Aveva gli occhi ancora più azzurri.

«Mi dispiace tanto» le ho detto.

Ha scosso la testa. «Non è colpa tua. La situazione ci era un po'… sfuggita di mano. Vuoi venire dentro? Sto facendo le valigie, però se vuoi bere qualcosa di fresco… Non abbiamo succhi di frutta biologici, ma in frigo c'è la Coca.»

Nella sua voce c'era una nota di rimprovero, ma si capiva che stava scherzando.

«Quei cavolo di *Doni di natura* sapevano di acqua sporca» ho mormorato. «Quindi… ehm… stai partendo per le vacanze?»

Ha fatto segno di sì. «Io e la mamma passiamo il Natale dalla nonna, che abita al mare. E poi dopo vado via con mio papà per qualche giorno» ha detto come se fosse la cosa più normale del mondo. «Mi sa che è arrivato il momento di conoscere la sua compagna e i miei fratellastri.»

Mi sono chinato e ho preso il sacchetto nero che avevo appoggiato per terra. «Allora sono giusto in tempo» ho detto. «Questo è per te. Buon Natale, anche se mancano ancora quattro giorni.»

Venendo lì, la gente per strada mi aveva guardato storto. Mi sa che non capita tutti i giorni di vedere qualcuno che cammina per tre isolati con un albero infiocchettato infilato in un sacchetto. Ma di sicuro non era la cosa più strana che avessi fatto negli ultimi giorni, quindi peggio per loro.

Leila ha aperto il cancello e ha preso l'alberello. «Un *witkaree*» ha detto.

«Nome scientifico: *Rhus pendulina*» ho aggiunto per fare scena. «Spero che abbiate spazio in giardino. Il signore del vivaio mi ha detto che cresce molto in fretta, ma dovrai comunque aspettare qualche anno prima di potertici arrampicare.»

«Non si è mai troppo grandi per arrampicarsi sugli alberi» mi ha risposto Leila sorridendo. Accarezzava le foglie e mi guardava, con la testa inclinata.

«Marnus, ti ricordi che cosa mi hai chiesto il primo giorno, quando hai aperto la porta con lo strofinaccio in mano?»

Con un po' di imbarazzo, mi sono schiarito la voce. «Eh… Ti ho chiesto se eri lì per le lezioni di bacio.»

A sorpresa si è piegata avanti e mi ha baciato.

Un bacio rapido, mi ha solo sfiorato le labbra, ma il cuore ha cominciato a comportarsi in modo strano.

All'improvviso il sole in viso e sulle spalle mi sembrava molto più caldo. Il vento mi scompigliava un po' i capelli. E una specie di solletico mi percorreva braccia e gambe.

Come se, da un momento all'altro, potessero spuntare anche a me foglie e germogli.

Ringraziamenti

Sono tante le persone che hanno reso possibile questo libro, devo a tutti un ringraziamento profondo.

Per cominciare, un enorme grazie (e molti baci) a Elize, Mia ed Emma: per il vostro amore, la vostra pazienza e il vostro incoraggiamento tutte le volte in cui mi sono arrampicato sugli alberi nella mia testa.

Al mio editore, Miemie du Plessis di LAPA Publishers, che mi ha sostenuto praticamente in tutto. Grazie (e una quantità infinita di frullati) per aver creduto nella mia prima storia quando avevo solo ventun anni e per non avermi più mollato da allora.

Sono profondamente grato a BookTrust e a tutte le persone coinvolte nel progetto Other Words. È un'iniziativa fondamentale che permette ai libri di spiccare il volo in tutto il mondo.

E per finire, grazie al mio editor, Shadi Doostdar, e anche a Paula Nash, Kate Bland e al resto del gruppo di Oneworld e di Rock the Boat, per aver creduto in questo libro e avermi fatto sentire a casa sin dal primo momento.

Indice